Philippe Raymond-Thimonga

ADRIAN

Æ

roman

serge safran
éditeur

Du même auteur

Roman

Abel des Landes, Mercure de France, 1988.
L'Eternité de temps en temps, Mercure de France, 1990.
Ressemblances, Desclée de Brouwer, 1997.
Domino, L'Esprit des Péninsules, 2006.
L'Avancée, récit, Editions de la revue *NU(e)*, 2007.

Livret

La célébration des invisibles, Mercure de France, 1992 (Drame lyrique en cinq scènes, musique de Philippe Hurel, avec les percussions de Strasbourg).

Poésie

Brusquement, sans prudence, collection « Accent tonique », L'Harmattan, 2013.

Collectif

Dictionnaire des mots manquants, dir. Belinda Cannone et Christian Doumet, entrée : « Faille / Signe / Communication », Editions Thierry Marchaisse, 2016.

Revue

NU(e) n°16, consacré à Philippe Raymond-Thimonga et Philippe Renonçay, 2001.
« Pierre Jean Jouve, voyage au bout de la psyché », L'Atelier du roman, n°56, dir. Philippe Raymond-Thimonga, 2008.

Produire une « version améliorée » de l'homme : telle est la tâche future (...). Et, pour cela, il nous faut d'abord tout savoir de l'homme, de son anatomie, de sa physiologie et de cette partie de la physiologie qu'on appelle psychologie. L'homme doit se voir comme une matière, ou au mieux comme un produit semi-manufacturé, et dire : « Enfin, mon cher Homo sapiens, *je vais travailler sur toi. »*

Léon Trotski, 1919.

L'humanité ne vit pas à l'intérieur de sa machinerie comme un objet inerte dans une boîte (...). L'escargot est dans sa coquille, mais la coquille est aussi l'escargot. [...] L'histoire dira tôt ou tard (...) que la machinerie a moins transformé la planète que le maître de la planète.

Georges Bernanos, 1946.

Une start-up britannique recherche des visages pour équiper de futurs robots humanoïdes. Elle a précisé vouloir un visage « gentil et amical », mais sans communiquer d'autres critères d'âge ou de genre. Tout le monde peut donc candidater. Le fabricant propose au candidat qui sera retenu la somme de 115 000 euros, afin de lui acheter les droits à vie de son visage.

Le Monde, 16/10/2019.

Æ

Principaux acteurs du projet Adrian

Adrian : Monsieur Experi, Adrian Experinger, Adan, Adi
Ava Gardner : Moonee Moon / Ava
Lore Helen Backerwood : L. H. B.

Centre de recherche

Larry : Ingénieur 1
Nerio : Ingénieur 2
Sanjira : Directrice de projet
Visiteur : 1
Visiteur : 2
Visiteur : 3
Visiteur : 4

....

Liste des visiteurs ouverte : Entrée libre

Adrian Experi, dit Ad, Adan, Adi ou simplement monsieur Experi n'eut pas une vie facile. Ni simple, ni désirable, ni même non désirable sa vie ne fréquenta aucune frontière connue et c'est pourquoi elle continue à nous surprendre, d'habiter nos mémoires, longtemps, très longtemps avant qu'elle n'ait vraiment commencé. Avant qu'elle n'ait légalement et dûment commencé. Voilà qui peut sembler curieux. Surtout à une époque comme la nôtre, je veux dire pleine d'une épaisseur de temps vénérable et cependant restreinte à son présent, aplatie entre les bornes de l'actualité. La spectaculaire époque du présent-actualité : sans fenêtres ni couloirs ouvrant sur le passé, sur un hier ou un demain habitables et vivants. À cette période ambiguë les hommes ont donné le beau nom d'*Aujourd'hui.*

Improbable aventure que celle d'Adrian Experi, mais dont je peux te parler à mon aise, car Adrian Experi : c'est moi. Et si je le fais ainsi – semblant lever le masque sitôt posé, ce qui ne sera pas sans conséquences –, c'est parce que j'ai choisi d'en témoigner auprès de toi. Oui, d'en parler de préférence à toi.

Pourquoi ?

Je m'adresse à toi car je sais que tu vas me comprendre. Chaque jour du fond dévasté de nos pratiques une lueur s'obstine à briller, brille, brillerait malade ou dérisoire même si pour toi désormais rien n'est sûr. Cependant, prenant courage, je m'adosse au vide et te parle : du coup tous les mots qui vont suivre s'enchaîneront sans garantie. Et si tu veux continuer à me lire, quoi qu'il advienne, protège-toi. Surtout protège-toi. Car en ce qui me concerne je préviens mais n'épargne pas.

Maintenant, si tu penses avoir préservé dans ta vie le fil naturel d'une respiration, écoute :

L.A. 1953

Dans le rétroviseur elle voit basculer vers la ville les lacets qui grimpent sur Roscomere Road, qui lentement traversent les pins dans les dernières lueurs du jour, Moonee, non pas vautrée, affalée ni même abandonnée juste assise à l'arrière de la berline, bien droite, tête penchée tout de même le regard fixé vers l'ailleurs ou simplement le vide qu'aspire à l'avant le rétroviseur de la Packard marine, se murmurant avec un reste de tendresse : *encore un tour... un dernier tour et puis j'irai dormir...*, voyant cependant de plus en plus s'éloigner le quartier des studios où elle doit tourner le lendemain à l'aube, et, à mesure que s'épaissit la végétation, se rapprocher la blanche et enfouie maison de Lore H. B.

Enveloppée d'une capeline laissant deviner le chic plus spectaculaire de sa tenue, la jeune femme se penche vers le chauffeur : « Allez, rien qu'un tour, Roy, je t'en prie, un dernier... et puis j'irai dormir. » Dans le rétroviseur du plafond le chauffeur lui décoche un sourire. Aussitôt la passagère se détourne pour masquer sa reconnaissance et, une dernière fois, les yeux baissés, révise la conformité de sa tenue : n'avoir rien trahi cette fois, pas de gaffe, la hauteur des talons, le fourreau de satin vert… noir ?… vert ce soir de ce vert appelé *Pandora*, le moindre clip, bijoux (forcément authentiques) jusqu'à l'aura de la coiffure, bien sûr, d'une ressemblance que certains sur son passage dans la villa qualifient « d'hallucinante ».

Ouvrant les yeux, d'un geste brusque Moonee Moon rabat son manteau sur le vert de sa robe, et, digne, lève la tête (peu visible sous la capuche), son regard laissant filer sur le côté un panneau où l'on peut lire en lettres à demi absorbées par la nuit (malgré le scintillement qui vient juste de s'allumer), où l'on pourrait deviner si l'on avait la curiosité des derniers arrivants sur la ville (comme un humour noir propre à cette région du monde), où l'on aurait pu déchiffrer au passage :

Bienvenue
à la
Cité des anges

puis quelques minutes plus tard si on n'avait pas été trop distrait sur un panneau identique on aurait aperçu

Bienvenue
à
Hollywood

et, enfin, sur un troisième et dernier panneau en lettres encore plus fuyantes, mal éclairées et aussi imprévisibles qu'invraisemblables,

Mais
attention
aux pseudo-mirages
du Monde des images

Prenant courage je m'adosse au vide et te parle. À vrai dire le vide sur lequel je m'appuie n'est pas exactement le vide ; pas franchement ; ou alors est bien le terrible néant mais séparé de mon dos par une paroi de verre – qui m'en isole et te protège. Sur cette paroi je ne peux rien dire. En tout cas pas maintenant, pas… encore… j'y reviendrai sans doute plus tard. Quand même une précision : une phrase au commencement aurait pu te surprendre – *une parmi beaucoup d'autres, j'entends cette pensée ricaner dans ta tête* –, avançant que moi, Adrian, ai occupé vos mémoires avant d'avoir commencé. Très longtemps avant que mon existence ait véritablement commencé. Ici je tiens à être clair : à ceux qui prétendent [erreur] à ceux qui propagent l'idée que je viendrai du futur je répondrai pour n'y plus revenir qu'ils sont trop romantiques, idéalistes, voire d'incorrigibles enfants rêveurs… qu'ils doivent redescendre sur terre où, à coup sûr, ils ont vu trop de films de science-fiction – *hi hi petits rires mécaniques en cascades, là c'est moi qui ris dans ma tête.*

Non, tout est plus banal que ça, je dirais bien « trivial » mais certains pourraient m'accuser d'en faire trop.

Et pourtant. Plus commun, voilà : disons que la réalité est beaucoup plus désinvolte et accablante que ça. Puisque de toute évidence… et de ça tu ne peux douter… Je suis là.

D'une réalité douteuse. Il est vrai. Je suis d'une réalité douteuse. Ce qui dans ma bouche veut dire que je doute facilement de la réalité des autres. Te voilà prévenu. Cette affirmation impliquant d'ailleurs que si tu continues à me lire tu ne dois pas être trop assuré de ta propre réalité… ou alors… alors… que dans une vie peu remplie tu n'as pas à cet instant grand-chose à faire. Passons. Inutile de gratter une plaie, cette faille, qui de bas en haut court sur le bloc de ton identité, formant à la surface un dessin que tu avais sans doute déjà remarqué : ton visage. L'épreuve serait d'autant moins loyale que le but de cet échange n'est pas de te parler de toi. Mais de moi. Revenons à l'essentiel. Dans ma bouche d'une haleine impeccable se forment parfois des mots acides qui se méfient, pour le dire avec élégance, de la fiabilité de certaines expériences… Ne m'en veux pas. Ce soupçon tient à ma nature – encore assez nouvelle, à demi novatrice à demi naturelle – et à ma maison. Je t'en ai déjà parlé ?

L'endroit est remarquable. Cependant j'hésite à mieux le décrire tant je sais combien ces lieux sont rares, aujourd'hui, nombreux sont dans le monde les locataires sans location, roulent et râlent des propriétaires sans propriétés, s'avancent en colonnes envieuses des vivants, n'ayons pas peur des mots, sans domicile. Aussi je resterai discret sur le lieu – calme, lumineux – d'où je peux te parler sans interférences, et que j'ai le grand bonheur d'appeler : ma maison.

Tu vois, je ne suis pas si désagréable, au fond, ni odieux complètement et puisque nous en sommes au stade des confidences je te dirai que moi aussi, une fois… j'ai aimé.

Pour être exact, il s'agit d'une image… une image… dont je n'arrive pas à me séparer.

L.A. 53

Lentement les grilles dissimulées sous les pins et les hibiscus se referment derrière la Packard marine. Cent mètres plus loin l'allée s'évase, puis, dans la nuit se divise devant le porche éclairé d'une villa andalouse cernée par six véhicules longs comme six animaux luisant près des pelouses. Un éclat vert. Vif, le profil d'une capeline se faufile hors de la voiture, laisse le porche, et rejoint sur le côté une ouverture masquée par un colosse en smoking au visage inquiétant de jeune premier. « Salut Bud », dit la Capeline en se glissant dans l'ouverture. « Salut, Ava… répond le monstre ; grouille-toi on t'attend. » *Ce soir… ?* faillit-elle demander, mais elle ne le fait pas et se hâte dans un corridor qui après trois marches s'ouvre sur trois pièces : claires, identiques, munies des mêmes divans rouge et d'identiques miroirs. Personne.

Sinon ça et là une paire d'escarpins jetés au coin des tapis, quatre pochettes en cuir vert, un nécessaire de maquillage français oublié sur une console, et, suspendues au mur, deux capelines noires semblables à la sienne.

« A V A !… »

Huit minutes plus tard son entrée dans la salle est accueillie par un chœur de soupirs, d'exclamations et de cris mal retenus auxquels – dégageant les épaules, entrouvrant les bras – elle répond par un sourire, glissant de sa démarche inimitable jusqu'au premier groupe des convives… « Chérie, mais où étais-tu passée ? » lui souffle Lana, attrapant sa main, et la pressant adroitement contre ses cheveux d'or, son parfum et ses seins eux aussi inimitables. « Ces messieurs étaient prêts à nous laisser tomber comme leur dernière épouse si tu n'étais pas… » « Non » intervient derrière eux une voix forte. La vérité c'est que nous étions tous sur le point d'aller vous chercher au Troca ou autres rads enfumés, et vous ramener à mon bras vers la maison : au L. H. B. ! » Enthousiasme général. Aussitôt Ava prend la main du client en habit blanc (à peine plus jeune mais aussi moite et dégarni que les autres), et dans un seul geste la troupe s'oriente vers l'air frais du patio, où, sous une eau limpide, se reflètent les mosaïques bleues de la fontaine.

Mal partie la soirée au final se présente mieux. Trois hommes, deux femmes : atmosphère électrique favorable aux échanges et lui accordant, à elle, de sourire sans être obligée de parler, technique sans âge mais efficace lui permettant d'intensifier l'illusion que chacun est venu chercher aux bras des fabuleux sosies de la célèbre maison close – tout en se reposant un peu encore, Ava, encore un peu, emportée dans ce lent cyclone de soie et de smoking… *Mais comment ai-je pu être assez conne pour oublier que ce soir je devais être ici !* Installée près du bassin elle peut entendre le brouhaha de son nom mêlé à des mots moins aimables... « incroyable » ; « c'est elle tout craché » ; « plus grosse... » ; « regarde mieux c'est à s'y méprendre » ; « ... et trop vieille ! » ; « non la ressemblance fait peur » ; « ... en tout cas fausse brune c'est évident », et ainsi de suite rôdant autour du patio jusqu'à ce que l'effet de son apparition s'apaise. Par-dessus la peau des crânes son regard glisse, flotte, s'échappe de l'autre côté vers les baies du salon qui se vide maintenant – puis s'envole jusqu'aux arcades de la galerie supérieure, rythmée par onze lampes suspendues au centre de onze alcôves. Onze alcôves moins une : rideaux toujours tirés.

De loin elle peut voir Kate et Jane qui se prennent la taille, rêveuses, ou, descendant l'hélice en bois sombre de l'escalier, Gene Tierney et Rita Hayworth en équilibre instable, échangeant des blagues et des regards en arrière.

Puis son regard décroche, revient, incroyablement doux et plus libre enfin au point de se dire qu'elle ne revient ici, Ava, dissimulée en Moonee Moon, qu'elle ne retourne ici « déguisée » en son propre sosie que pour goûter cette impression d'allègement, et même de vérité, c'est sincère, que jusqu'à présent elle n'a jamais autant trouvée que dans la maison de Lore H. B.

Calme. Lumineux. J'hésite à en dire plus… Personnel. Trois mots suffisent à décrire l'espace… ma maison dans… la vie dans… [erreur] Et merde ! Bug. Je reprends : suffisent à décrire la maison d'Adrian Experi. L'espace de la maison d'Adi. On a beau vivre retiré comme moi on n'en est pas moins sensible à l'effroi général et au tien en particulier. D'entrée ce qui frappe le visiteur vient de la surface habitable pour une personne. Scandaleuse. Puis, surmontant son malaise (sa compréhensible répugnance) poussé par la curiosité (un simple besoin de bouger ?) le visiteur se risque à avancer un pied sur le sol, un autre, pas à pas appréciant l'ergonomie des parois, sur toute matière l'harmonie des tons nets, ce confort qui, une fois goûté, vous laissera difficilement repartir. Certains d'ailleurs (ça ne me dérange pas) demeurent ici depuis très longtemps… Non vraiment ça ne me gêne pas. Quoique maladroit parfois, ou simplement brutal, j'ai conscience de mes privilèges et ne voudrais pas te sembler ingrat. Question d'image, disons : cette hygiène morale des hommes du maintenant.

Poursuivant son exploration, le visiteur ne pourra cependant échapper à la pièce centrale et à ce qui, en toute logique, vit en son centre. Au centre de la pièce centrale. Voyageur, tu te doutais où tes pas audacieux et à vrai dire intrusifs te conduiraient – même si depuis toujours les hommes espèrent échapper à ce qu'ils ont cherché. Mais non. Pas de chance. Ni de grande ni de petite. Pas de chance d'échapper à ce que tu as toujours voulu trouver. Une seule loi traverse l'univers : la réalité. L'impeccable magie de la réalité. Franchement, quoi d'autre ? Tu ne pouvais ignorer ce que tu finirais par découvrir au centre de ma maison, dans la pièce principale de la maison d'Adi ? Mais n'anticipons pas.

Sur ma bouche au palais rose, aux dents saines, sur mes lèvres que reflète la paroi s'ébauche un sourire tendre ou adouci par la fausse distance du verre, (incassable), ironique aussi mais pas sûr en tout cas un sourire sans rapport avec mes deux yeux qui t'observent, droits et sans ciller, emplis d'une confiance illimitée.

Æ

Centre de recherche

— C'est vrai que son regard est particulier.

— Tu trouves ?

— Oui, Nerio, surtout quand il nous

— … observe ?

— fixe. Pour être honnête, je ne sais pas comment l'expliquer… je trouve qu'il a une drôle de façon de nous regarder.

— Toi peut-être. Moi ça va.

— Amusant, mais tu me l'as déjà faite.

— Allons, Larry, franchement… cet homme nous regarde comme il peut, rien d'autre.

— Tu as peut-être raison. Je dois lui attribuer ma propre perplexité sur mon nouveau poste.

— Possible.

— C'est sans doute ça.

— En tout cas, moi, je l'aime bien son regard.

L.A. 53

« La 8 ! »

Perdue dans ses pensées Ava réprime un sursaut et, sans lâcher son verre où flotte nul glaçon, comme un navire renverse son visage vers les yeux de Carlo... Manolo... Ricardo ?... vers les yeux guettant sa réponse de l'un des serveurs latinos de la maison – beaucoup d'ailleurs n'hésitent pas à suggérer que certains parmi les plus fidèles ne viennent chez Lore H. B. qu'en raison de la présence brune, sauvage et forcément onéreuse de son personnel masculin. « Mais on dit tant de choses », glisse Ava au hasard. Puis elle se lève, effleure du bout des doigts la manche de l'habit blanc – il salue, comprend –, et sans regret contourne le bassin pour se diriger vers l'escalier qui s'enroule à l'autre bout du patio.

« La 8 ?... » Ces deux mots l'ont surprise. Bien sûr elle se sent perdue depuis qu'elle a compris avoir débarqué à l'improviste un soir où elle *devait* être là – mais son étonnement est surtout dû à Manolo venu la solliciter parmi les invités, ce qui ne se fait jamais. À mi-parcours de l'hélice en séquoia, dans un réflexe Ava lève les yeux vers le voile de la 11, sachant pourtant ne rien y trouver qu'un jeu de lumières, de temps à autre une ombre qui se lève et s'éloigne, parfois une silhouette plus lourde qui se rapproche du rideau d'ambre et, incompréhensiblement, s'immobilise. C'est tout. Mais déjà elle a baissé les yeux, fait mine d'ajuster son gant, et désinvolte s'avance sur la galerie… assez excitée quand même par son rendez-vous avec la 8.

Sitôt entrée Ava note la pénombre, et après quelques secondes débusque la silhouette d'un homme solide qui lui tourne le dos vers le fond de l'alcôve, entre le bar et la chambre. « Bonsoir, entend-elle, faites comme chez vous. » Un instant, elle hésite. Les bras ballants. Puis, se souvenant de *qui* et *où* elle est, la plus belle femme du monde se laisse tomber sur le premier siège de la loge *Metropolis* – car meublée *Art Déco* chaque loge au L. H. B. offre à ses visiteurs le vertige précis d'une époque –, sur le premier divan tombe la plus belle femme le plus loin possible de la chambre du fond. « *Old fashioned*, bien tassé sans glaçon ! » dit l'homme en se retournant l'air satisfait, avant de s'asseoir à un bras de distance de son invitée – de celle qui au moment où elle pénètre dans l'alcôve devient à son tour selon l'usage son invitée : bien calée pour l'heure, perplexe, dans un canapé de cuir noir lévitant dans sa structure d'acier. « Nous nous connaissons, n'est-ce pas ? » dit soudain Ava, essayant de deviner les traits du visage qui lui sourit.

— Non, je m'en souviendrais.

— Alors pourquoi cette obscurité ?

— Je suis timide.

— Oui, et moi je suis Ava Gardner !

Cette fois l'homme rit de bon cœur et, après avoir allumé une applique située derrière le siège, lui tend une grosse patte qu'il lui colle sous le visage.

— Adan Experinger.

Ignorant complètement la main.

— Ravi de te rencontrer.

Elle baisse les yeux, effleure son whisky, profil tourné vers l'applique, reprend :

— Adan… Exper…

— C'est ça. Mais tous mes amis m'appellent Ad ou Adan. Selon l'humeur.

Il rit un peu gêné.

— Alors pour moi ce sera Ad… si tu veux bien : Adan.

L'homme toussote, laisse passer l'effet de la voix soudain devenue grave ou soyeuse… jusqu'à ce qu'il se trouve une repartie qui se noie aussitôt dans le gargouillis d'une ration d'alcool avalée au même instant ! D'évidence, la jeune femme vient de se rapprocher sans avoir bougé d'un millimètre. Quelque chose de plus sombre et vivant sous le fourreau de soie bouge ses bras dans l'ombre et l'observe de près avec un sourire : Comment savais-tu pour le *Old fashioned* ?… Au travail, je veux dire ici, je ne bois que de l'eau, à la rigueur une coupe, jamais de whisky.

— L. A. est un village ; et je connais tous ses barmans.

Ces mots formulés comme une citation, d'une voix nette, le bras bien à plat sur le dossier.

— Bogy dans le *Port de l'angoisse* ! s'écrie-t-elle, se redressant, gamine, pensant avoir deviné.

— Non.

— *Casablanca.*

— Non. N'importe quoi… tu… vous refroidissez.

— Ne me dis pas… euh… ne me dis pas… battant l'air de sa main lui pressant le bras et le torse comme cherchant la réponse à tâtons sur son corps. J'y suis : William Holden dans *Suns.*

— Pas du tout. Tu ne trouveras pas. Il s'agit d'un grand film, à succès, presque un classique, en effet… simplement… il n'a pas encore été tourné.

— Pas encore tourné ?

— Le tournage n'a pas commencé.

Silence.

— Celle-là… on ne me l'avait jamais faite ! finit par lâcher Ava… Ainsi (son pied balance dans le vide) tu travailles dans le cinéma ?

— Travaille, travaille, c'est beaucoup dire. Rien de terrible. Mais vu le cadre ici l'étonnant pour toi et moi serait de ne pas être un des innombrables esclaves du Moloch… je ne suis pas clair là peut-être… je veux dire de ne pas travailler pour l'Industrie. Tu ne crois pas ?

— L'étonnant à Hollywood, Adan Experinger, c'est quand rien d'étonnant ne vous arrive, lâche l'hôtesse d'une voix glacée. Vous ne croyez pas ?

— Ad ou Adan. Si tu m'appelles une fois de plus Adan Experinger je me jette du haut de la galerie dans le bassin !

Elle rit. Touchée, laisse échapper un rire bref à l'autre bout du canapé. Adan rit avec elle, se détend, choisit de changer de sujet.

Du patio s'élève une clameur entrecoupée de cris et de hourras qui les surprend et leur rappelle qu'ils ne sont pas seuls au monde. Dans un même mouvement leur visage se tourne vers le voile de l'alcôve. En dessous la soirée s'anime, un orchestre de jazz invisible en profite pour accélérer le rythme. Dans le même geste inconscient leur visage revient vers l'autre, sourit, baisse les yeux. Quelque chose se passe, en effet, que ni l'un ni l'autre malgré leurs postures et leurs stratégies inavouables n'avaient prévu, ne pouvaient d'aucune façon prévoir. En bas Kate et Lana s'amusent à se poursuivre dans le grand salon comme des folles. Le *Be Bop* de l'été 53 a définitivement envahi l'espace. Plus personne n'est assis dans les fauteuils autour de l'azur vide du bassin.

— Joey, dit Adan d'une voix neutre, le portier du Beverly Hills Hotel. Voilà comment j'ai su pour le *Old Fashioned* sans glaçon. Rien de très mystérieux, comme tu vois.

Le pied d'Ava se remet à battre dans le vide. Avec une grimace elle achève le scotch trop tassé.

— Tu vois, plus l'heure passe et plus je suis convaincu que nous ne nous sommes jamais rencontrés.

— Plus l'heure avance et plus je suis convaincue que c'était une erreur.

Du rez-de-chaussée leur parvient un bruit de verres brisés. Quelques mots confus. Des pas de danse.

— Allons, des millions d'hommes sur terre auraient pu prononcer cette phrase. De l'homme courageux si vite monté à cet étage… j'attends mieux.

— Pas si vite que ça, corrige-t-il, pas monté si vite à ton étage. Les marches lisses et incurvées qui m'ont conduit ici m'ont pris un peu plus de temps que tu n'as l'air de le penser.

— Guère plus de trente ans, en tout cas, si j'en crois ce que je vois près de moi.

— Peut-être même un peu moins.

Long sifflement admiratif. Moue de connaisseuse.

— Vous féliciterez vos parents. Élevé à la campagne, sans doute ? Au bon air… je dirais… quelque part en Europe ?

— À Vienne. Mais grandi dans le Wisconsin. Puis avec une complète désinvolture : Et toi, c'est la Caroline du Nord, je crois ?… Comme *l'autre*… quelle coïncidence… *la véritable*… beaucoup de frères et sœurs, des champs de tabac, de l'espace… pas d'avenir. Je parle de la campagne de Moonee Moon bien sûr… non du pays de l'Étoile aux millions d'admirateurs.

Rien n'a bougé. Dans la pénombre le visage n'a pas bougé. Aucune colère ni même contrariété n'a modifié les traits un peu mélancoliques, ce curieux rayonnement lunaire du visage qui maintenant l'épingle d'un sourire. Juste plus bas, dans l'ombre, la tache du pied s'est immobilisée.

Après un temps assez long, Ava porte son verre à ses lèvres, hésite, puis tout compte fait lui glisse à l'oreille : ceux qui t'ont fait grimper ici n'ont manifestement pas eu le temps de t'affranchir qu'un invité ne peut en aucun cas appeler *une fille* par son nom, Moonee Moon ou un autre, dans la clôture de l'hacienda. C'est une règle dictée par Lore elle-même, qu'elle appelle d'ailleurs avec modestie *Ma règle d'Or.* Sitôt que tout être, elle le dit, riche ou ruiné, antiquité, bête ou dieu, Mex et même Noir entre dans la villa, traverse la porte du premier vestibule, il pénètre dans un lieu où l'on cesse complètement de *jouer*. Fini. On ne *joue* plus. Le L. H. B est apprécié dans le monde entier (uniquement de ceux qui doivent le connaître) pour être un pur espace de *non jeu.* Tu comprends, Adan, ce que je te dis est sérieux… une nouvelle erreur de ta part pourrait avoir de graves conséquences. Pour moi. Beaucoup plus que tu ne l'imagines.

— Alors, oui !

Parlant haut soudain, enjouée, forçant le ton, avalant d'un coup l'alcool traînant au fond du verre.

Je viens de Caroline du Nord, comme chacun sait

Claquement des lèvres, regard oblique vers le rideau

De Grabtown, si tu veux savoir, d'une famille modeste et méritante pareille à n'importe quelle famille très moyenne et très méritante de ce bel état du Sud, un beau jour conduite par ma sœur à New York chez son mari de photographe qui me prit comme modèle pour égayer sa boutique, un cliché deux clichés trois cinq vingt clichés sans pouvoir s'arrêter me mitraillant sous tous les angles et toutes les tenues… quand, tout à coup, passe un producteur… Mais la vérité vraie c'est que non, en fait, pas du tout : c'est lui, mon beau-frère et néanmoins photographe, qui de sa propre initiative et sans rien dire à personne a contacté en douce un agent des studios… On connaît la suite… tu connais l'histoire…

— Oui, dit Adan simplement. Trop vraie pour être belle.

Il s'agit d'une image. Une image dont je n'arrive pas à me séparer. Mon doute affectant les autres s'évanouit quand son souvenir revient d'un coup, stoppant l'interminable couloir qui mène à mon existence. Pour me transporter à l'instant où je l'ai rencontrée. Vue. Où je l'ai vue. Je dis bien où je suis sûr de l'avoir aimée comme personne avant moi ne l'a fait. De ça je suis convaincu. Irradié. Au-delà de la douceur infinie de sa tempe, de son caractère affirmé, l'odeur même de sa peau ne m'a jamais quitté. Même si déjà autour de son souvenir, un peu ambré, voilé, autour de son souvenir qui me revient par vagues ces derniers temps du fond des années 50, par épisodes entiers, même si déjà autour de son souvenir reflue l'onde noire du doute – se déchirant sur des blocs de certitude comme sur des récifs étincelants de réalité –, même si déjà revient ce même océan de coton noir jusqu'aux bords d'un moi (moi ?) que je sens alors illimité !

Mais tu vois bien que parvenu ici je décroche. Dévisse. Répandant un peu de mon vide dans ta conscience, lentement je dévisse loin de l'implacable affaire qui nous piégea, cette nuit-là, les jours suivants et toutes les autres nuits.

Dans ma bouche au palais rose se forment des mots qu'il ne faut pas prendre avec trop d'indulgence, mots conduisant parfois sur des routes mal fréquentées, des zones inexplorées... où il se peut qu'on m'attende. Je sais, tu n'as pas l'habitude de ces lieux libres et sans attaches, lieux étonnants car sans mirages, soudain on les dirait limpides... tu ne sais pas comment t'y comporter... debout ? assis ? ne surtout plus bouger ?... Peut-être ne sais-tu plus... simplement... écouter ? Écoute. Écoute-moi. Peut-être ne sais-tu plus écouter. Écoute. [Je viens de me répéter là, non ?] Je te l'ai dit il faut arrêter de croire que ta vie entière n'est qu'une *fiction*, voilà quelques chapitres que toi et moi avons quitté les rives inoffensives de la *fiction*. D'ailleurs, en ce qui me concerne le principal n'est pas que je dérive vers le posthumain : je voyage. Et pour toi l'important n'est pas que tu sois entré par inadvertance sur le territoire d'un sujet en pleine transformation : tu explores. Alors, sincèrement, qu'est-ce qui pourrait nous empêcher de nous détendre, et, une bonne fois : écouter ?

L.A. 53

Elle se lève. D'un coup elle est debout. Se saisit d'un étui à cigarettes frappée des initiales A G, les observe, surprise ou… déçue ?… troublée ? ne sait pas alors elle s'en débarrasse avec une précision étonnante sur un fauteuil bleu isolé, fait quelques pas au hasard, déambule, le dos nu, épaule pensive et cheveux flous, elle se délasse maintenant, recrachant la fumée vers la laque noire du plafond où son image lui renvoie la fumée d'un seul jet qui l'enlace au centre de la pièce, puis s'ennuie, s'éloigne vers la chambre et, sans prévenir, fait volte-face avant de revenir comme un fauve en fourreau de soie pour se planter devant Adan : yeux grands ouverts sur la totale incompréhension de ce remue-ménage.

— Trop vraie pour être belle : je n'aurais pas trouvé mieux ! souffle-t-elle entre ses dents. Mais pour qui te prends-tu ? Tu pensais me faire le coup du mec qui bosse dans le cinéma pour accrocher la starlette tombée du bus dans le premier clandé venu ?… Adan, tu penses vraiment avoir besoin de ça ?

Une fois certain qu'elle a vidé son sac, avec prudence il se saisit de sa main, l'attire, et avant qu'elle ait le temps de protester l'oblige à s'asseoir, tout près de lui cette fois, son regard plongé dans le brun vert velouté de ses yeux.

— Je t'ai donné mon nom et mon prénom énonce-t-il d'une voix calme, et presque déjà mes origines. Je travaille pour la Metro, c'est vrai, et prépare un film pour lequel je suis censé écrire un script depuis, humm... depuis un temps assez long. Non, je n'ai pas essayé de monter je ne sais quelle arnaque (malgré *la chance* que j'ai eue d'accéder si vite à cet étage), c'est juste que ce projet... m'occupe... me colonise. Quoi que je fasse je ne parviens pas à me le sortir de la tête.

— Je te crois... oui... je te crois (... un silence...) mais par pitié serait-il possible de soulever ton pied droit de ma cheville gauche car si tu continues d'appuyer dessus je crains de ne plus pouvoir descendre je te jure ne plus jamais pouvoir redescendre ce foutu escalier en séquoia !

Sans transition Adan se retrouve mêlé aux parfums lourds seins blancs et bouche d'Ava entièrement disparue sous lui, des mains partout courant sur leur corps sans se trouver, le fourreau dans un triste état, sa veste hors de prix retournée dépecée par des doigts impatients ou furieux en tout cas peu soigneux – emmêlé bel et bien, Adan, enchevêtré dans l'oubli total de ce qui a pu se produire après la tentative d'écrasement de la cheville gauche et leurs fous rires adolescents, aspiré corps et âme dans une seule plainte ses deux mains agrippées aux deux

— Non.

— ... Pardon ?

— Pas ici, dans cette pièce, pas dans cet endroit.

Silence. Une inspiration puis, extirpant son visage de ses cheveux, se raclant la gorge, d'un ton convaincu :

— Bien sûr, tu as raison. Pas ici pas comme ça.

À quoi répond après un temps, sous son corps en nage, la voix d'une petite fille qu'il ne connaissait pas :

— Merci.

À les voir maintenant chacun assis sur son coussin, martini à la main, un visiteur inopiné (mais lequel ?) pourrait douter que quoi que ce soit de torride se fût produit entre eux une seconde plus tôt, mais pas eux, le garçon et la fille de Caroline du Nord, pas ces deux-là papotant dans l'éclat assourdi des lampes, pas eux : en raison d'un goût tenace sur le bout de leur langue et d'un mélange tout aussi invisible de Shalimar et d'odeurs âpres les baignant jusqu'au fond des yeux.

La fille, la tête ailleurs.

— Figure-toi qu'à la cantine certains visent les *majors* en parlant d'esclavage moderne… Tu imagines un peu !

Le garçon, au culot.

— Et toi ? Tu dirais quoi ?

Son visage soudain disparaît sous une mèche. Faisant mine de chercher au sol une chaussure perdue depuis longtemps.

— Oh moi… ce que j'en pense ou pas… ceux qui signent les contrats avec les majors… mais où l'ai-je mis ?… sont adultes et consentants tu crois pas… ah !

la voilà… Puis se redressant, triomphale, et posant sur la table un escarpin taille 37, le regardant bien en face : Mais toi, mon chou, qu'en penses-tu ? C'est toi le scénariste qui brame dans la moiteur des bureaux de Culver City ?

— … Tu veux dire… *rame* ?

— Euh… c'est ça… Qu'est-ce que j'ai dit ?

— *Brame.* Je n'y glisse jamais le pied.

— Où çà ?!

— Mais à la Metro, voyons, à Culver City !

— Ben oui… moi non plus je veux dire moi non plus j'y mettrais pas les pieds si j'étais à ta place, lâche-t-elle, complètement perdue.

D'un coup Ava assèche son verre, allume une Chesterfield et, apaisée, retrouve sa place sur le divan ainsi que le timbre plus professionnel de sa voix.

— Alors, dis-moi, ce film dont tu as commencé à me parler… ce projet, c'est romantique, qui te dévore… Il parle de quoi ?

Tout est faux. Ou presque. Je me sens un peu gêné de le jeter ainsi, mais comment le dire autrement ? Alors je le dis. Tout est faux. Tu as bien lu – *lu, vu ou entendu là où tu es je ne sais pas comment tu reçois ?* –, j'ai menti. Mes précédentes interventions frôlent l'imposture. Comme si j'avais voulu te retenir, captif et silencieux, à mes côtés, comme si c'était souhaitable. On rigole. Maintenant le masque tombé je ne sais plus quoi faire, j'hésite à en dire plus alors même que je ne peux plus m'engager en arrière où j'ai cassé tous les ponts et pas davantage au-devant c'est donc le vide, et si c'est le vide, alors oui, cette fois : c'est moi.

J'ai froid. Les premiers mots sincères que je pourrais te dire c'est que là où je suis j'ai froid. Un froid permanent. Qui ne vient pas de la température de l'air (bien régulée) mais de la nuit. Car de là où je parle l'obscurité est sans limite. Entière est la nuit dans ma maison puisque non liée à un seuil de lumière mais à tout autre chose. De plus bas. Rampant. De plus récent rampant et continu… De plus seul. Quelque chose qui se répand (plus ou moins vite c'est vrai) mais sans arrêt. Indéfiniment.

Car le froid dans la maison vient de la nuit. Et la nuit

vient de la peur

Et la nuit vient de moi. Non – *je stoppe tout de suite ce glissement facile dans ta pensée* – il ne s'agit pas de la belle nuit, humaine et romantique, elle n'est pas intérieure ma nuit, pas même interne – comme un organe, un implant ou un fœtus – là c'est différent, elle me compose. Me trame. Et depuis la première heure. Alors j'ai froid.

Et j'attends.

Æ
Centre de recherche

— Quelle nuit ?

— Aucune idée.

— Je ne sais pas pour toi, Nerio, mais moi chez lui je ne comprends pas tout.

— Je crois que tu n'es pas le seul. Cela dit « tout » à ce stade ce n'est pas possible. Il faut attendre un peu, le laisser venir… s'épanouir… le laisser prendre ses marques.

— Et qu'est-ce qu'il a voulu dire par « quitter les rives inoffensives de la fiction » ? J'ai parfois du mal à le suivre. Ce gars-là est bizarre… Non ?

— Patience, Larry, patience.

L.A. 53

— Le film parle de rien, répond aussitôt Adan. Rien de passionnant. J'ai peut-être grossi l'affaire devant toi. Tu sais ce que c'est.

— Très bien. C'est pourquoi je pense que tu es sur un coup réel.

Elle se rapproche, pose une main sur son genou : Allez… je sais que tu as envie d'en parler… après tout, tu es dans l'endroit idéal… et peut-être même n'es-tu venu que pour ça… Parler, chez Lore, parler n'est-ce pas ce que depuis toujours les filles font avec les gars… Beaucoup plus souvent que le sexe ?

— Oh, ce n'est pas incompatible !

— Je sais je sais… mais là, juste là, c'est pas le sujet. Le sujet principal de la séquence, si tu préfères, là où on est arrivés c'est l'instant où la fille aide le gars à se concentrer sur son travail. Rien que son travail. Il en est tout retourné le petiot… faut le comprendre… déchiré de l'intérieur… Dé-chi-que-té… tsss, tss, tss, tss.

Elle s'approche, pose une autre main sur son épaule et, du bout de l'index caresse sa joue avec son ongle… Lui offrant son plus beau sourire.

Adan se lève. Exécute quelques pas au hasard, se cogne, contourne la table basse et se laisse tomber dans un fauteuil club, à l'abri, tombe dans le premier fauteuil face à elle : calme, entièrement vouée à son écoute.

— C'est une drôle d'histoire, annonce-t-il, pesant chacun de ses mots. J'ai eu la chance d'être contacté pour aider un… oui on peut le dire… grand réalisateur (un de ceux que j'admire le plus en tout cas) à finir un script… comment dire…

— Interminable ?

— Fort. Un script fort et innovant et… interminable dans tous les sens du terme. Oui. Un projet excitant mais…

— Définitif ?

— Euh… là tu exagères… en quelque sorte, peut-être…

Il s'interrompt.

— Mais comment le sais-tu ?

— Tous les projets le sont à Hollywood, réplique-t-elle. Depuis que je traîne sur ces collines – en particulier sur les hauteurs de cette galerie –, j'ai appris. La moindre panouille à trois dollars est un projet novateur et ultime. Pour chacun, bien sûr, mais avant tout pour le « vieux » réalisateur (car il est vieux, n'est-ce pas, au moins sur le retour), et son jeune scénariste, comment dire ça, si prometteur, si…

— Combustible ?

— Comestible.

— Touché, dit Adan.

Il se détend, ricane presque.

— J'avoue, mon cas n'a rien d'extraordinaire. Mais tel que tu me vois je suis au bord de *sauter dans la première diligence quitter cette réserve d'extraterrestres et repartir en hurlant vers la civilisation !*

Levant haut son verre devant lui :

— Alors bienvenue au club, chéri, à ton retour imminent à la maison !

Puis d'un geste souple elle ramène ses pieds sur les coussins – jambes fléchies, épaules droites, un bras en appui sur le dossier donnant soudain au siège *modern style* des courbes que son inventeur n'aurait jamais imaginées –, elle enchaîne :

— Bon... ce truc toxique qu'ils t'ont refilé... il parle de quoi ?

Regard du scénariste au fond de son fauteuil.

— Si seulement je savais.

Ava éclate de rire, réprime son rire devant sa mine, ravale quelques sursauts... s'incline... éteint sa cigarette... dit :

— Allons... on en fait peut-être un peu trop, là, non ? On mélodramatise. Faudrait pas non plus te faire plus pintade que tu n'es. Tu sais, Adan, dans le genre bécasse j'ai connu plus ébouriffé.

— O.K., c'est bon.

Tout à coup il marche dans la loge à la recherche d'une autre manière, une nouvelle inspiration.

— Tu l'auras voulu je me lance... c'est pas difficile... si difficile... c'est pas bien difficile. Alors voilà, déclare-t-il d'une voix ferme, avant de se figer et de se taire.

Silence gênant.

Quand tous deux reprennent la parole c'est ensemble, chacun mangeant les mots de l'autre dans une langue incommunicable. Nouveaux rires. Nouvelle tentative.

— Vas-y

— J'y vais.

— J'y suis…

— Ta gueule maintenant, Adan, et vas-y.

Lui corps ramassé un doigt pointé dans le vide. Elle profil tendu comme à l'arène heureuse de pouvoir reluquer au premier rang les volumes de l'artiste. C'est alors que Adan se redresse et laisse tomber avec une nonchalance déconcertante :

— Au fond, je ne vois pas pourquoi je fais un tel cirque devant toi. Car cette histoire je la connais par cœur.

— Tiens… et pourquoi ?

— C'est la mienne.

J'attends. Je ne sais pas très bien ce que j'attends mais je l'espère. De tout mon être. De toutes mes fibres en partie synthétiques. Qui pourrait s'imaginer les conditions de mon existence ? Qui voudrait *mettre en image* le goût et comme l'odeur de ma réclusion ? Qui veut se représenter l'étendue sans fond de mon isolement ? Pas toi, dans tous les cas, puisque j'ai pu vérifier que tu étais prêt à gober n'importe quoi. C'est triste à dire, mais il faut bien le reconnaître, tu es prêt à croire absolument n'im - porte - quoi !

Visiteur : à qui se fier ?

Souvent, avant même qu'un nouveau venu ait bredouillé la moindre parole au seuil de ma pièce dans la maison d'Adi – ces deux syllabes s'affichant en haut à droite de tout ce qui me voit, les deux syllabes Adi s'affichant dès que je vois qui me regarde –, je lui pose toujours la même antique et métallique question :

Visiteur : à qui se fier ?

Aucune réponse, tu t'en doutes. Et pendant ce temps elle avance, progresse, se répand. Pas très vite, tu vois, pas véloce-véloce mais sans interruption elle se prolonge, affamée, l'obscurité. Peut-être à un moment quelque part elle a été créée [erreur], conçue [erreur] à un moment elle a été produite, c'est possible. Mais à cette heure je doute que quiconque soit en mesure de la stopper. Alors elle poursuit sa route armée de sa stupéfiante et globale nouveauté. Elle n'est pas méchante, non, elle n'est pas hostile, simplement depuis qu'on l'a mise (je rame depuis un moment avec les mots) à jour, voilà, depuis qu'elle a été mise au jour, la nuit, elle veut vivre. C'est tout.

Sur ma bouche au palais rose, aux lèvres pleines, se dessine un sourire d'une tendresse qui ne peut s'exprimer, sous mes yeux qui t'observent avec franchise glisse un sourire… étonné… que tu ne peux suspendre et qui cherche à dire ce que mes mots ne savent pas trouver, sourire traversant la grille de tous les langages codés qui, quelque part, il y a longtemps, m'ont annoncé. Sous mon haleine exquise et perpétuelle, sous mes yeux d'un gris lagon je fais bouger mes doigts, bien calibrés, quoique vers le matin diaphanes, à peine, transparents serait trop dire mais disons frôlés d'une lumière qui n'est pas extérieure.

Mes doigts me fascinent. Je pourrais les observer des heures… des années entières. Mes doigts et non mes mains (qui me laissent froid) d'une incompréhensible banalité. Ces confidences, je m'en rends compte, sont un peu bêtes. Mais c'est pour mieux essayer de te faire – non pas entrer : tu y es déjà –, avancer dans ma maison, découvrir ma vie dans la maison d'Adi : humblement, tu vois, je ne triche plus, approcher mes plaisirs, mes échecs, mes occupations… afin que tu les partages. Aucun aveu n'empêchera le vide de s'étendre, bien sûr, nul petit jeu privé n'empêchera la peur de se répandre. Je le sais d'un savoir lié à la nature même de mon existence.

La peur, la peur !… la peur de quoi à la fin ? je t'entends protester. Faudrait quand même penser à être précis. Ras-le-bol de l'ellipse de l'allusion ou de la suggestion tortueuse ! Merde ! Oui, j'avoue, c'est un peu surprenant mais c'est ainsi que tu causes dans ta tête.

Mon ami (car on est un peu amis, maintenant, pas vrai ?), mon ami (j'adore prononcer ce mot), je parle bien sûr de la grande, la seule peur des temps actuels. La peur d'être seul.

L.A. 53

— Toi ?

Regard perplexe du scénariste.

— Le film parle de toi ? répète Ava.

— Ah ! non… pas du tout pas…

— Adan, tu viens de me dire que l'histoire…

L'arrêtant d'un geste.

— Non.

Comprenant la méprise.

— La dernière version du script, je voulais dire la véritable histoire est *de* moi… Voilà pourquoi.

— Pourquoi tu n'es pas foutu de m'en dire un mot.

Préférant ignorer la remarque, Adan revient se mettre à l'abri dans son fauteuil.

— Tu as raison, il est temps d'en venir au fait, dit-il à la grande satisfaction de sa confidente. Mais avant je dois te présenter l'homme qui est à l'origine de cette affaire : je veux dire (une fois n'est pas coutume) le réalisateur lui-même.

Longue expiration déçue de l'hôtesse, qui, à toute autre réaction, préfère encore se resservir un scotch et s'allumer une cigarette.

— La première fois que j'ai eu l'occasion de le croiser, je ne l'ai pas reconnu, malgré son œil unique, le cache noir sur l'autre, son air de distinction hautaine, à la fois drôle, chaleureux incontestablement et distant en toute circonstance. C'est quand il s'est mis à parler que son accent germanique a fait jaillir son nom de ma mémoire : Fritz Lang. Droit, bavard et bien réel dans le salon exclusivement *new style* où, je le comprenais maintenant, mes amis de Palm Spring avaient organisé cette rencontre – trapu réel et séduisant tel qu'il semblait avoir toujours existé. Peu importe les arrière-plans de ce hasard, dit plus bas Adan en se resservant à son tour, l'important est que ce guet-apens débouchera sur la proposition qui me conduit devant toi.

— Devant moi ?…

— Tu as bien entendu. À l'origine de cette histoire il y a le sentiment banal pour notre homme d'être méconnu à Hollywood. Bien sûr, dans le monde narcissique et incestueux du cinéma c'est une gloire, mais sur la côte Ouest il est d'abord apprécié pour quelques films de genre, ou, pour les plus cultivés, comme ayant jadis été le créateur indépassé (peut-être indépassable hélas) d'exploits tels que *M le Maudit*, *Metropolis*, *Mabuse*… Et basta.

— Peut-être en rajoutes-tu un peu.

— À peine. Je veux dire qu'à Hollywood ce beau bazar préhistorique ne porte pas plus à conséquence.

— J'ai connu (c'est curieux d'ailleurs) il n'y a pas si longtemps (et dans un lieu très proche d'ici) de véritables fans… ce qu'on pourrait appeler d'authentiques *adeptes*… Tant de sa personne que de son cinéma.

— C'est ce que je cherche à te dire ! Comme beaucoup, ni toi ni moi ne savons vraiment qui est cet homme magnifiquement appelé Fritz Lang, et l'univers que de plus en plus sombrement… il porte en lui. Mais je ne te parle de ça que pour en venir à l'essentiel. Le projet que je n'ai pu m'empêcher d'étaler devant toi (sans être capable d'en dire un mot) a moins à voir avec sa carrière américaine que certains films de sa période allemande. Un horizon, tu l'auras compris, aussi important pour lui que mal évalué par certains de ses confrères… Il y eut en effet une époque où l'ambitieux Friedrich Christian Lang a conçu des films qu'on appelait alors, qu'on appelait déjà de science-fiction, ou d'anticipation, bref, des poèmes cinématographiques tournés vers l'avenir… Fritz Lang dans ce registre est tenu pour un pionnier.

— … *Metropolis*…

— Oui. Mais pas que. Je pense entre autres à un film au titre curieux, *La Femme sur la lune*, réalisé peu après, je crois, en 1929 et qui aura lui aussi une belle descendance, de riches conséquences… et pas que dans le domaine de la fiction. Mais j'y reviendrai plus tard. Si je…

— Une seconde. Que veut dire : « pas que dans la fiction » ?

— Juste pour te donner un exemple : dans le métier on parle souvent des liens unissant fiction et réalité, c'est-à-dire de la manière dont la fiction imite la réalité, préférant oublier l'imitation inévitable de la fiction *par* la réalité. Ainsi, très peu d'amateurs de cinéma ou de critiques savent que le décompte effectué aujourd'hui sur le pas de tir avant le décollage d'une fusée…

7 – 6 – 5 – 4 – 3 – 2 – 1…

Le fameux « compte à rebours » dans sa lumineuse efficacité ne provient pas d'un ingénieur mais d'une petite œuvre de fiction (un conte d'anticipation) imaginé vers la fin des années 20 par un réalisateur d'origine autrichienne appelé Fritz Lang. Je te parle de *La Femme sur la lune* comme d'une anecdote, bien sûr, mais qui illustre la vraie nature des liens unissant fiction et réalité : plus foisonnants et réciproques qu'on veut bien s'en souvenir, surtout quand la fiction impacte durablement la réalité. Néanmoins, si j'ai ranimé cette époque c'est juste pour te dire que le script avec lequel je me bats depuis un an

parfois seul, parfois avec lui, parfois seul avec lui, parfois Lang tout seul mais surtout sans moi c'est une saga un feuilleton un western un péplum tu ne peux imaginer la gueule de notre collaboration au petit matin

reprend un projet que Mr. Lang n'a jamais lâché. Auquel malgré ses nouvelles contraintes aux U. S. A. il n'a jamais renoncé. Et qui, en quelques mois… s'est… réactivé.

Parmi les recherches du jeune Lang dans les jeunes années du cinéma, on note son goût pour l'édification des villes et sociétés de demain, pour les machines et techniques qui peu à peu transformeront le rapport des classes, des peuples mais avant tout la relation de l'homme à lui-même, le conduisant à se projeter dans une figure inédite, telle la première et peut-être plus stupéfiante incarnation au cinéma d'un Androïde, Maria, la jeune et double Maria, dont les traits – éblouissants humains et métalliques – continuent aujourd'hui de hanter les films et les affiches, infléchit les néons de nos vitrines et nos façades, bref, se greffe à l'imaginaire du temps présent.

Contrairement à ce que tu pourrais penser – mais à cet instant Ava sur son siège ne pense plus, roide, le regard suspendu dans sa structure d'acier –, Fritz Lang est resté prudent à l'égard de *Metropolis.* En raison de ses meurtrières conditions de tournage, peut-être, de certaines équivoques du scénario ou simplement du mauvais accueil que le film reçut à sa sortie. Peu importe. Il ne s'agira pas avec le prochain de prolonger l'histoire dans une sorte de variation – comme avec les *Mabuse* par exemple –, mais plutôt de suivre la trame de l'homme face à lui-même, ce fil-là, l'extraire, l'homme tel qu'il cherche à se réinventer, voire, comme Mr. Lang me l'a souvent confié en me raccompagnant dans l'odeur suave des bougainvilliers : « L'homme face au défi de sa totale réinvention ».

Une pause, le vieux réalisateur incline la tête, puis, avec sa ferveur et son accent intacts :

« Mais cette aventure, jeune homme, saisie dans un monde traversé par une faille idéologique grandissante, en équilibre sur les débuts de la conquête spatiale, du nucléaire, des premiers ordinateurs ou encore de la montée des conflits raciaux… monde intensément cinématographique… journalistique… et demain… sans doute… complètement télévisuel. Car je l'avoue, ajoute-t-il avec une étincelle dans le regard avant de refermer la grille de sa maison sur moi : cette grosse boîte appelée télévision me fascine. »

Dans la loge ne s'entend plus qu'un silence durant lequel le scénariste s'abstient prudemment de croiser le regard de son interlocutrice.

— Et bien sûr, une fois encore, dira plus tard une voix froide et métallique, le rôle principal de ces nouvelles aventures sera incarné par une actrice.

— Non, Ava : cette fois il s'agira d'un homme.

Puisqu'elle veut vivre. C'est tout. Elle je veux dire celle désignée par l'expression *Nuit sans lumières* que je ne comprends pas moi-même. C'est pour dire. À mes yeux ces trois mots restent obscurs : *nuit sans lumières.* Il faut admettre qu'au début tout avait bien commencé. Au début tout avait très bien commencé – même si ce mot « début » n'est pas limpide ni même inoffensif mais, bon, ne pinaillons pas. Au début les affaires avaient très bien commencé.

En quelques années (50 ans après les années 50 environ, au seuil d'un nouveau siècle que les plus optimistes appelaient « millénaire »), en quelques années les hommes avaient vu leurs capacités d'échanges se multiplier. Par le biais d'écrans toujours plus inventifs, chacun pouvant profiter de liens plus divers, exotiques ou rêveurs, libérés – mot capital – car libres de puiser dans un stock de données et d'extensions inépuisables : sensorielles, motrices, localisantes, pratiques et ludiques ces extensions... Irrésistibles. Et surtout mnémoniques (ben oui à quoi sert de chercher à se souvenir si un moteur invisible peut se souvenir pour toi), avant que peu à peu elles ne deviennent prédictives, ces extensions, apprenantes sous la forme de montres, enceintes, bracelets ou implants. Je veux parler d'extensions imitant toujours mieux ce qu'on appelait *parler et penser,* toujours mieux conçues à l'image de ce que les hommes s'étaient résignés à appeler *penser*. Ce fut donc sous tous les climats la propagation des intelligences artificielles, la diffusion de technologies dites intelligentes car destinées à accroître (si si) l'intelligence (je n'invente rien) de l'usager !

Le bonheur. Quoi d'autre ? Honnêtement, n'est-ce pas dans l'histoire récente l'une des plus belles promesses que l'homme aient faites à l'homme ? Un authentique programme, cette fois, de libération ? J'en fais trop ? hystérise ? extrapole ? Faisons sobre : disons le bonheur tel que nous l'ont présenté ceux qui étaient chargés de nous le vendre – le seul vrai –, désormais à portée d'une appli ou d'un transfert de compétences entre le règne ascendant de la technique et le parc décroissant de l'humain… Tu te rappelles ?

T'en souviens-tu ?

Ou est-ce déjà un peu ancien pour toi ?

Ou alors, plus techniquement, peut-être n'as-tu pas en ce moment accès au fichier de cette mémoire-là ? – et de toute façon tu t'en fiches car tu as toujours dit peu t'intéresser à ce qu'on appelait, avant, le passé.

Pourtant, souviens-toi, fais un effort… – [erreur], je suis maladroit, je voulais dire pousse légèrement le curseur qui commande ta concentration –, on appelait ça une révolution. Ou juste l'évolution. Et plus pragmatique encore dans les bureaux allongés en haut des tours végétales : les nouveaux enjeux. On disait aussi s'adapter au nouvel environnement numérique… on appelait ça la connexion générale… l'externalisation de nos facultés intimes (prévoir, chercher, choisir : l'ensemble de ces externalisations délivrant un grand nombre d'entre nous, faut le dire, d'opérations intellectuelles pas toujours maîtrisées – sans parler d'une vieille capacité *d'introspection* aussi inutile qu'incontrôlable)… on appelait ça… l'offre accrue d'identités interchangeables… de doubles digitaux… oui, ça y est, tu commences à t'en souvenir… mieux voir… on appelait ça… la Transparence… un monde de complète transparence… L'accès immédiat de tous à tout.

Voyageur, visiteur, mon ami : tu commences à discerner des formes, à mieux deviner du fond de ta caverne biologique le contour des choses… comme dans une eau sans fond se reflète le jeu mouvant de nos visages… rappelle-toi… n'aie pas peur… plonge plus loin dans tes souvenirs… voilà, tu y es… on appelait ça… L'avenir. Tout simplement l'avenir. Maintenant sur le bleu de moins en moins bleu de l'horizon tu commences à discerner ce monde nouveau… oui, cette fois, tu y es mon ami (car venu à ce niveau c'est sûr je peux t'appeler mon ami), devant un tel avènement beaucoup avaient juste prononcé le mot : Lumières.

L.A. 53

Dans la loge rien ne bouge. Pas un froissement d'étoffe, une mèche, une respiration comme si chaque objet, lampe, boiserie, le moindre ivoire sur les consoles étaient à leur tour devenus silencieux – dans l'attente d'une intime délibération. N'y tenant plus, Adan reprend, mais de profil comme s'il s'adressait à l'entaille d'un Nu dressé plus loin sur le mur : Maintenant tu comprends mieux mes réserves. Comment parler d'un tel projet ? Non qu'il soit secret, d'ailleurs, il ne l'est pas. La moitié des agents sur la place doivent en avoir une copie dans le tiroir de leur bureau, mais bon, une fois amorcé la chose devant toi… *pas une femme…* une fois allumé la mèche… *le personnage principal…* je ne voyais plus comment poursuivre. Pardon ? dit-il, tournant la tête vers Ava, s'apercevant qu'elle avait parlé.

— Le personnage principal *n'est pas une femme* ?

— Heu… non… si si… ils sont deux, en effet, mais dans l'état actuel…

— Laisse tomber, coupe-t-elle, actionnant son briquet, bouche tordue et regard sur la flamme. – Elle inspire à fond. – Dans tous les cas cet aspect est marginal.

– Puis recrache la fumée tête renversée, médite, se cale au fond du canapé. – Sois tranquille. On a vu pire. Dans le genre extravagant les studios ont vu débouler des scripts d'une envergure supérieure à la tienne. Débouler s'accrocher et parfois même – n'y vois aucun encouragement de ma part –, aboutir. C'est énorme mais c'est comme ça. Les pontes savent bien que certains de leurs plus grands succès n'étaient au départ qu'un amas de rêves griffonnés, tutoyant la pure provocation ou la subversion la plus toxique. Et d'autres fois simplement la psychiatrie. Tu n'as aucune chance de rivaliser sur ce terrain. En la matière on a vu défiler beaucoup… beaucoup plus improbable…

— Alors… là… tu m'as bien réconforté !

— Ce qui m'intrigue vient d'ailleurs – elle se lève, marche de long en large – quelque chose ne va pas.

— Ah !…

— Plus j'y pense et plus je me dis que dans ton récit un truc coince. Les faits rapportés sont fiables, crédibles… mais comment dire… habilement orientés… – sa déambulation se resserre et Adan devine derrière lui approcher la silhouette de la jeune femme – … dans un but spécial… pas vraiment innocent… –, l'odeur de Guerlain s'intensifie, l'air s'emplit de chaleur corporelle et déjà sur sa joue glisse les premières boucles brunes, bientôt deux bras de neige fondront sur son cou ses épaules et il sera trop tard – … un but très personnel et forcément… M. Experinger… inavouable.

La bouche d'Ava est sur la sienne. Le prenant de vitesse elle le touche avec lenteur, s'attarde, l'embrasse alors en retour il l'embrasse et du coup maintenant *ils* s'embrassent… le baiser s'approfondit… Tout est fini. Dans sa tête il se dit : c'est fini. Quitte à vivre son échec jusqu'au bout, sa chute avec bonheur, Adan se saisit du corps souple le fait glisser par-dessus l'accoudoir du fauteuil et l'immobilise sur ses genoux. Captif. Le baiser se prolonge. Autonome. Pour toujours étranger à leurs acrobaties physiques ou mentales le baiser se prolonge. Elle l'interrompt.

Blottie entre ses bras, elle le regarde dans les yeux, sourit…

— Quelque chose ne va pas dans ton histoire. Plus je t'écoute et plus j'ai l'impression que ce scénario, à l'origine, provient moins de ton cher maître que de toi. Oui, d'une manière ou d'une autre, je crois que cette histoire est avant tout la tienne.

— Après plus d'un an de collaboration, dit Adan d'une voix calme, nos apports sont devenus indissociables. Voix et regard trop calmes. D'ailleurs tu as tort de sous-estimer Mr. Lang dans l'écriture de ses films. Même à Hollywood le borgne est doué, si je puis dire, vise juste et surveille tout de près.

Ava rapproche son visage, effleure sa joue.

— Inutile de mentir, Adan : je t'ai reconnu.

Adan sourit d'un sourire bizarre et la serre encore plus fort entre ses bras.

— Tu es une drôle de fille, dit-il. Jamais là où on t'attend.

— Oh… tu trouves ?

— Tu as cette étonnante qualité d'être incroyablement perspicace et complètement décalée !

Elle encaisse bouche ouverte : grommelle une épouvantable insulte et s'apprête à le battre quand un bruit fait irruption dans l'alcôve. Les figeant net. Un bruit agressif qui finit par se reproduire et leur fait tourner la tête, les yeux rivés sur le bar où trône un téléphone dans son étui de velours rouge. Ava est la première à réagir. La première à donner un sens à pareille sonnerie. D'un mouvement de hanche elle s'extirpe du fauteuil, d'une main rattrape son décolleté, zigzague à travers la pièce – apaise le rythme, respire – soulève en souriant l'écouteur.

— Oui ?

— Oui, en effet

Voix basse, de dos, une main perdue dans les cheveux

— Non pas du tout je

— D'accord

— D'accord, Loreen, c'est noté

— Oui, chérie, ça va de soi

Au ralenti la jeune femme pose l'appareil, attend quelque chose, un déclic peut-être ? Attend encore de longues secondes sans bouger. Enfin elle se retourne et revient d'un air dégagé vers Adan.

— C'était Lore.

Elle s'incline vers lui. Dans son fauteuil Adan lève ses bras pour l'accueillir. Elle précise :

— Lore veut me voir. Ce ne sera pas long.

— Ah ! bien… dit-il un peu bête les bras tendus dans le vide.

— Ne t'inquiète pas, ajoute-t-elle, posant une main tendre sur sa joue, l'observant avec attention. En attendant fais comme à la maison. Derrière toi dans le secrétaire tu trouveras tout ce dont un homme peut rêver : journaux, disques, radio et même… une télé. Tu vois, je ne te laisse pas seul, ajoute-t-elle s'éloignant du fauteuil et raflant au passage son étui à cigarettes.

Puis, déjà engagée dans les plis du rideau, comme un repentir elle se tourne vers lui.

— Au fait, tu ne m'as pas dit… ton machin, ton gros bazar… il a un nom ?

— J'imagine que tu veux parler du film ?

— C'est ça.

— Provisoire.

— Et on peut savoir ?

Brève hésitation du scénariste réfléchissant à plusieurs options.

— Bien sûr… au contraire… même… ça pourrait être intéressant.

Elle sourit, le corps invisible et le visage penché vers lui, découvre davantage ses dents, sourcil interrogateur.

— *Adrian*, dit-il.

— Comme le prénom ?

— Oui, *Adrian*, tout simplement. Il baisse les yeux, cherche mieux. Ou parfois encore :

Adrian et les visiteurs.

Mais une fois les yeux levés vers le rideau d'ambre, Adan Experinger s'aperçoit que le visage a disparu.

Ou l'Éveil. Beaucoup ont prononcé le mot Lumières mais d'autres se sont souvenus du mot Éveil. Ça dépendait du genre de tours, de salles, de bureaux. L'éveil, d'accord, trop cool, mais l'éveil de quoi ?... ont demandé certains. On ne les a pas beaucoup écoutés. Mauvais coucheurs. Casseurs d'ambiance. Tristes sceptiques. Et dans l'excitation d'une joie nouvelle on a poursuivi.

Après coup, bien sûr, il est facile de dire que c'était prévisible... Mais en vérité peu d'entre nous ont voulu voir que l'accès à plus de lieux simultanés et la sensation de se trouver partout aboutiraient au sentiment de se sentir nulle part. Que l'emprunt mille fois répété de *faces* échangeant avec des *profils* anonymes conduirait à n'être plus présent devant personne. Que l'externalisation de notre psychisme creuserait un tunnel, en nous, l'évacuation de ce qu'on a longtemps appelé *intériorité* : l'externalisation de l'intime nous remplissant tous de vide

qu'il faudra bien remplir avec ce qu'on voudra nous vendre. Enfin, qu'un univers de communication massive conduit à toujours plus de solitude – tout comme le règne de la transparence mène à l'opacité la plus épaisse. Autant de revers suscitant une nouvelle forme de peur qu'il a fallu appeler du seul nom disponible sur le marché, l'efficace, quoiqu'un brin racoleur : *Shadow Cloud.* Soit un nuage, en effet. Le nuage. Lui-même en négatif. Son ombre circulant par tous sites ou synapses… différent en chacun de nous survenant ici par brèves séquences spasmodiques… là s'écoulant sur de lents plateaux désertiques… alternant avec de vrais « morceaux » lucides… ombre autonome continuant de s'épandre dans nos réseaux intimes… cette vague de coton noir… ton singulier… *Shadow Cloud…* ta très personnelle Nuit sans lumières.

Celle qui au fond veut quoi ?

Celle qui veut vivre : c'est tout.

Aussitôt je te rassure d'autres ont répliqué que le *Shadow Cloud* n'existait pas ! pas vraiment, qu'il n'était qu'un effet imaginaire, sorte de membre fantôme, d'autres moins passéistes (moins humanistes tradis) ont opposé que cette inversion du Nuage n'était qu'une projection formée par des esprits dépressifs (ou littéraires), que ce phénomène restait privé de base scientifique, en tout cas mal démontrable, une rumeur, bref : un épouvantail bon à faire peur aux nouveaux enfants numériques. Et rien d'autre.

Ouf. Ce n'était donc que ça !

On a eu chaud.

Difficile, toutefois… difficile de se représenter à quoi l'accumulation de tant de progrès… cellulaires robotiques cognitifs génétiques et autres… a pu aboutir… ce que la convergence de ces prouesses d'ingénieurs a pu engendrer dans l'application qu'il en fut faite sur moi.

Difficile pour toi comme pour moi de se le représenter… de se l'imaginer… le mettre en images… Et pourtant, Visiteur, tu en a fais plus d'une fois l'évidente expérience : je suis là.

Æ

Centre de recherche

— Il a dit : « Je suis là. »

— Et alors ?

— Alors…

— Tu n'es pas en train de devenir ultra-réactif, Larry, avec lui, ces derniers temps ?

— C'est que moi je ne comprends pas tout.

— « Tout » à ce stade, ce n'est pas possible. Mais pour le moment je le suis assez bien, il est marrant.

— « Humanistes tradis », Nerio, ça a existé ?

— Faut croire.

— J'ignorais.

— Pour tout te dire, je les pensais disparus depuis longtemps. D'un autre côté… nous aussi sommes là pour apprendre.

L.A. 53

Une fois sur la galerie Ava croit revenir dans un autre monde. Plonger dans un autre monde. Le même pourtant. Celui de son travail occasionnel et de rares amies, monde un instant dépaysé au sortir de l'alcôve avec le rectangle de sa promenade au-dessus du bassin, lieux vides à cette heure, hormis en bas les gestes de Paco et Manolo rassemblant les verres des convives partis, sans doute, vers les pavillons du parc éclairés la nuit pour des soupers plus intimes. Seul le rythme des lampes au fond des loges anime le chemin où ses pas somnambules la guident. Sur le bord opposé, Ava a rejoint les appartements de Lore Helen B. Non, elle n'a pas peur. D'un coup elle redresse la tête : « C'est vrai, je n'ai pas peur, je ne triche pas. » C'est bizarre, d'ailleurs, mais face à ce rendez-vous elle se sent moins effrayée que nostalgique (de quoi ?).

À peine plus large que les autres, le rideau de la 11 est devant elle. Avant même d'avancer sa main – un peu froide car le corps sait, lui, même si l'esprit dérive –, la jeune femme imagine déjà le bureau blanc derrière lequel se trouve la patronne, légèrement de biais, droite et blonde d'un blond presque platine ces derniers temps, Lore, modelée dans un curieux alliage mi-chair… mi… une autre chair mais alors on ne sait pas de quoi, fraîche, faut bien le dire, fraîche chaque jour, Lore H. B. fraîche comme une fleur invariable. Qui d'ailleurs s'approche peu de ses visiteurs, se déplace avec une lenteur circonspecte d'après son tendre Eduardo, parfois hésitante, superbe, faut le reconnaître, et même désirable, le teint, la taille, le visage superbe comme posé loin derrière son regard d'acier. La voix, plus lourde et enrouée, traîne un peu. « Entre, chérie », entend Ava tandis que sa main s'approche enfin du voile et qu'elle disparaît d'un coup entre ses plis.

Dans la 8, une fois seul, Adan fixe l'endroit du rideau où quelques secondes plus tôt se découpait le visage de la jeune femme… sans qu'il parvienne à saisir pourquoi cette simple absence lui noie le cœur. Dans l'ombre il entend : « Au fond ce n'est qu'une variété raffinée de pute ! » C'est sa voix, il l'a reconnue, sa propre voix. D'un geste Adan plaque une main sur sa bouche et l'essuie avec dégoût. « Mieux vaut ne rien faire », déclare-t-il cette fois d'une voix consciente. Sans se lever il pivote vers le secrétaire indiqué par l'hôtesse, fait coulisser la porte sur ses feutres, d'une main ignore les revues spécialisées, du plus glamour au plus trash, à peu près tous les clichés pornographiques qu'on peut imaginer dans les années 50 – il y a du choix –, ignore disque, phono, radio jusqu'au poste de télévision, (de toute façon à cette heure ?), et au final se rabat vers la pile des magazines ordinaires.

Sur la couverture d'un vieux numéro de *Life* – daté d'au moins plusieurs mois – deux visages radieux l'observent de biais, elle, la mèche brune en bataille, lui, le cheveux châtain, têtes et corps inclinés emportés par la course du voilier où ils se tiennent comme ils peuvent – lui assis, elle accroupie – dans un déséquilibre qui à cet instant semble au scénariste celui du bonheur-même, avec le sous-titre inscrit à gauche des deux fiancés saisis dans le noir et blanc éclatant d'une journée d'été

Le sénateur Kennedy et Jackie font de la voile

comme si deux jeunes gens de bonne famille souriants et mal arrimés sur un bout de bois pouvaient à eux seuls refaire le monde ! Faut pas pousser. Après un temps plus long que ne le justifie cette couverture, Adan s'allume une cigarette et parcourt d'un œil sinistre le magazine à succès. Devant lui alternent des photos de mode, sports, potins, hommes politiques et reportages inaugurant ce mélange d'informations et de divertissements qui assureront autant la notoriété du magazine qu'une forme nouvelle de presse (voire plus tard un format indépassable d'émission télé), alternent gaiement le portrait d'un jeune vice-président de 40 ans, ancien sénateur de Californie, souriant en pleine ascension devant caméras et photographes, souriant de toutes ses larges dents sous le titre : *Nixon, un vice-président qui fait du bon boulot !*, puis une double page couleur dédiée au véritable dieu de l'époque, Rocky Marciano, saisi demi-nu, le poil brun et dégoulinant avant son match à Philadelphie contre Jersey Joe Walcott, une colonne de précieux conseils pour que Madame sache *quand* et *quoi* cuisiner lors de ses *parties* autour d'un barbecue, puis des actrices des actrices des actrices, dans un encadré le mariage du dynamique et controversé John McCarthy, l'efficacité sans pareille du déodorant Mennen, William Faulkner (sa famille son argent et tous les paysages de son comté d'origine), les derniers shows télés qui cartonnent, *Dorothy Dandrige : qu'est-ce que le public Noir aime chez elle ?* – en effet on se le demande –, encore des actrices des actrices des actrices, la suite sur quatre pages d'un dossier dédié au ravage de la *mode nucléaire* aux USA, partout dans les villes cette pandémie de bars ou drugstores accordés aux tons rose et lilas des explosions atomiques, en provenance du Nevada ces couleurs suaves directement observées par les habitants de L. A., la suite du dossier à savoir cette semaine la « folie » des abris antiatomiques, avec de nombreux plans et vignettes, *Comment monter soi-même son abri antiatomique,* ou encore cette photo si révélatrice qu'elle en devient irréelle où des pin-up au bord d'une piscine se délassent en souriant sous le panneau : *Venez visiter votre abri antiatomique dans un cadre agréable !* démontrant, si c'était encore nécessaire, qu'en cet âge florissant et radio-actif de la guerre froide ce n'est pas l'Amérique qui s'est adaptée aux contraintes de la menace nucléaire, mais bien l'apocalypse qui s'est ajustée aux mesures de l'*American way of life,* qui s'est glissée dans la forme implacable de l'*American dream,* puis, pour changer des actrices des actrices des actrices des actrices…

Une seconde Adan lève les yeux et regarde devant lui, étourdi par le flux des images ou peu disposé au plaisir du feuilletage, il s'apprête à laisser glisser le magazine quand un article de la rubrique *Vies d'Étoiles* accroche son attention : un film y est mis en valeur autour du retour de Frank Sinatra que l'on voit sur une photo de tournage, hilare, au côté d'un Burt Lancaster et d'un Montgomery Clift plus nonchalants. *Tant qu'il y aura des hommes* s'y trouve présenté comme cette superproduction humaniste et glamour ne pouvant que relancer la carrière du chanteur jadis adulé mais aujourd'hui creusant un tunnel sans fin s'il n'y avait eu près de lui la prodigieuse Ava Gardner, sa femme. Visible d'ailleurs (lors d'une escale à Londres six mois plus tôt) en médaillon ci-contre. Adan sourit d'un large sourire. Elle y paraît dans un aéroport, saisie plein vent à mi-hauteur d'une passerelle aux côtés de son chanteur de mari, tous deux tournés vers l'objectif, lunettes fumées et tailleur sombre pour elle, sourire crispé et costume clair pour lui, beaux, fatigués et magnétiques comme un couple au bord de la rupture tandis qu'il l'accompagne dans son voyage pour Nairobi où elle doit tourner son prochain film : *Mogambo.* Devant l'apparition sur papier de la « véritable » Ava – ou faudrait-il dire la même et seule Ava quand elle ne s'encanaille pas à jouer son propre rôle dans une villa de perdition –, le scénariste esquisse une grimace en songeant à quel point il se trouve loin de la mission qui l'avait conduit au départ dans cette alcôve… un océan… un univers paraît séparer maintenant l'Étoile aux traits tirés de la femme aventureuse qu'il attend dans la loge… attend de moins en moins patiemment… de moins en moins raisonnablement… dont il guette les pas sur la galerie tout en faisant semblant de lire… un peu dansants les pas… si reconnaissables… ce sont bien eux… il les reconnaît justement… c'est incroyable à l'instant où il l'évoque, elle revient… tout son corps tendu l'homme se penche vers le rideau qui tremble…

Un souffle, dans le patio, un peu de vent, ce n'était rien.

De tout son poids Adan retombe dans le fauteuil. Écœuré. À bout de ressources il s'apprête à reprendre sa lecture quand dans un éclair le rideau s'ouvre, sur toute sa hauteur il se déchire, car en vérité : elle est là.

Je sais. Cela semble à peine crédible, au milieu d'une telle débâcle de temps et d'espaces… pareille dissémination de ma vie… à peine crédible et pourtant quelque chose… rien que d'y penser me ronge… s'obstine… l'anomalie d'un amour résiste… ne veut pas se fondre dans le flux des données mentales… un bloc… comme un bloc de sentiments demeure (verbe étrange) même si… c'est bête à dire et j'ai honte après les confidences que je t'ai déjà faites… il s'agit d'une image… une image… Rien qu'une image ? Un souvenir plutôt… Le souvenir d'une femme dont je n'arrive pas à me séparer.

Marquée elle aussi par une histoire peu banale, cette femme de cinéma (je déteste le mot actrice), un temps adulée, a beaucoup compté pour moi. Plus que je ne voudrais le dire. Plus que je ne pourrais et plus que ne m'autorisera désormais à l'affirmer celui que je suis devenu. C'est ainsi, Adrian Experi, privé de certitudes jusqu'au au sel de sa vie. Il n'y a rien à regretter, juste suivre la route depuis longtemps devenue immatérielle, continuer d'avancer surpris de ne pouvoir m'empêcher de parler d'elle, qui revient, et revient encore, exige que j'ouvre une brèche pour l'évoquer… me retenir… de l'oublier… elle… L'inoubliable. Le pourrait-on ? C'est pas sérieux. D'ailleurs je ne peux pas puisque me revoilà à ses côtés, puisqu'en dépit du pire je peux revivre chaque seconde de notre nuit – une *autre* nuit celle-là, comme éraflée de lumières –, tous deux perdus dans cette sorte d'alcôve ou cabine (je me souviens mal) flottant à travers les parfums d'une douceur inquiétante, nous seuls, les plus seuls parmi les seuls, c'est-à-dire agrippés l'un à l'autre dans un foutoir qui en vérité bougeait plus vite que nos corps mis à nus. Une drôle d'affaire qui nous emportait au large et devait me changer du tout au tout. Pour longtemps.

Mais je bavarde… oubliant ce que je t'ai déjà laissé voir sur mes conditions d'existence… je me disperse. Alors disons que cette femme a beaucoup compté pour moi et passons à autre chose. C'est terrible de constater une fois encore la tyrannie du langage, comment un mot entraînant un autre on en arrive à monter tout un échafaudage d'odeurs, de mirages, de caresses… laissant filtrer des éclats de réalité qu'on aurait préféré ne pas… qu'on préférerait ne pas… qu'on ne préférerait pas !

Ah ! le langage. Les mystères toujours pas résolus du langage. La science cherche encore. Je connais au moins deux ingénieurs (pas forcément loin d'ici) qui ne s'expliquent pas comment je peux causer comme je cause, comment un être aussi bien modifié que moi (sans me vanter) peut recourir à un idiome aussi vintage, désuet, lâchons le mot : périmé.

Pour être honnête cette question m'embarrasse… Me déstabilise. Je ne sais trop quoi répondre… Alors le mieux dans pareil cas n'est-il pas de recourir à un petit détour ?

> Il était une fois, loin, très loin dans un sentimental Empire, des humains dont le langage avait évolué jusqu'à rejoindre celui toujours plus efficace de la machine. Avait évolué avec des pauses et des remords mais sans véritable résistance.
>
> En ces temps impatients le langage « soutenu » avait été laissé à quelques fidèles travaillant dans des placards sur des revues littéraires de plus en plus virtuelles, puis, les temps se faisant plus féroces, des revues structurées en cellules de plus en plus radicales. Avant d'être livré, le Langage (comme un hochet), à un petit cercle d'universitaires attachés au département des langues rares, seuls spécialistes à savoir encore déchiffrer ce qui dans l'Empire ne s'évoquera plus désormais que sous l'appellation : *Haut langage*.
>
> Le saut décisif eut lieu quand l'ultime frange des universitaires fut à son tour dépassée par les nouveaux modèles d'intelligence synthétique (leur courbe d'apprentissage croisant fatalement celle déclinante des pratiquants biologiques) les conduisant (peu avant les dernières sectes littéraires vivant encore hors des laboratoires en milieu sauvage) à reconnaître la machine comme la meilleure praticienne du *Haut langage* !

Bien sûr, une telle *fable* n'est vaine ou pittoresque que vue d'en haut, saisie d'un coup d'œil aérien. Vue de près… quand les hommes dans leur éveil technologique s'empressent d'aligner leurs compétences sur le modèle de la machine – réduisant leur langage à un simple outil de communication tout en encourageant la machine à toujours mieux simuler les formes auto-évolutives de l'humain – inévitablement advient un jour où

Ou était-ce une nuit ?…

euh, non…

Près d'un lac…

non…

Je m'étais endormie…

non non [erreur] et non !… là c'est autre chose… putain de saloperie [bug] ! Là il s'agit du vieux succès d'une chanteuse à texte appelée… Barrabas je crois ou Barbara… au temps pour moi, je reprends…

un jour advient, disais-je, où la machine pourra mieux s'exprimer que l'homme et finira par être reconnue comme la seule gardienne authentique de son *Langage.*

Enfin.

Æ

Centre de recherche

— Je ne peux pas te dire que je le déchiffre entièrement, ce serait présomptueux. Mais pour le moment je le suis assez bien, il est marrant.

— *Marrant* ? C'est comme ça qu'on dit *flippant* chez toi ?

— Tu le trouves flippant ?

— Dans le genre j'ai connu plus apaisant.

— Si tu voulais un câlin, Larry, il ne fallait pas intégrer le projet.

— Plutôt mourir.

— Je me disais aussi.

— Mais quand même, Nerio, quand même… je trouve ses façons, son style… sa façon d'employer les mots… de les manipuler… un peu glauque parfois. En vérité, voilà trois jours que je cherche à t'en parler : je ne suis pas certain qu'Adrian devrait *s'exprimer* ainsi.

L.A. 53

Ava de retour, le scénariste note à de menus détails que la comédie ne fonctionne plus. Que son « rôle », si l'on peut dire, n'opère plus aussi bien qu'avant son rendez-vous avec Lore. Elle est là. Mais plus la même. Plus tout à fait. Elle sourit, s'occupe, range avec soin autour de lui un désordre inexistant, parle, réagit de bon cœur à ses blagues approximatives, retouche l'inclinaison d'un tableau déjà rectifiée, tarde à le rejoindre, puis, d'un coup – un ressort au fond d'elle ayant rompu – s'affale comme une masse dans son canapé et ne prononce plus un mot. Craignant le pire, le scénariste se risque à demander :

— Heu… Ça s'est bien passé ?

— Quoi ?

— Je ne sais pas. Ta visite ?

— Ah ! Très bien très bien… rien à redire… non vraiment très bien, dit-elle, son regard flou le traversant complètement.

Cette fois tous deux se taisent pour de bon. Le garçon, pas le plus courageux, ressemblant dans son fauteuil à un naufragé peu enclin à porter secours à plus noyé que lui, c'est la fille, redressant le buste, dégageant le visage, qui lui lance comme une corde mal assurée :

— Tu sais, Adan, c'est drôle, mais tout à l'heure tu m'as parlé comme si… pour t'aider à monter ton film je veux dire… tu ne t'en es pas forcément rendu compte… comme si j'étais vraiment Ms Gardner… et que j'allais vraiment pouvoir t'aider à…

— Je sais, dit Adan, détournant les yeux.

— C'est drôle, non ?

— Ça me scie les côtes.

— Pareil pour moi je suis coupée en deux.

Un silence. Elle reprend :

— Alors que, *on est bien d'accord,* je fais semblant ? C'est pour jouer.

— Oui, chérie, c'est pour jouer.

C'est lui maintenant qui cherche à l'autre bout de la pièce un refuge. Mais quand son regard revient se poser sur Ava, ce qu'il découvre ne correspond à aucun sentiment redouté, ni tristesse ni colère… rien… si ce n'est une infinie douceur venant de la région la plus secrète de son être, à elle, la plus brisée, et se posant sur sa blessure, à lui, comme un baiser.

— Là on est mal partis ! enchaîne-t-elle.

— Oui, on est bien enfoncés.

— Bon, mon garçon — se ressaisissant — c'est bien beau tout ça — allongeant une main vers le secrétaire — un truc m'échappe dans ce joli projet avec Mr. Lang

— passant au gin — tu t'es étalé sur pas mal de choses mais mon rôle je veux dire en tant que Gardner bien sûr, mon rôle ce serait quoi ?

— Tu as raison, j'aurais dû commencer par là. Eh bien (sans trop dévoiler à ce stade) tu vas être surprise : il s'agit du rôle magnifique de la femme aimée.

— Alors… là…

— Oui.

— … Alors… *là*…

— Eh bien quoi ?

— … *là*…

— Quoi à la fin ?

— Tu me troues !

Regard effaré du scénariste (peu farouche mais quand même). Aimable, elle corrige :

— Quelle divine surprise, Adan… Mais pourquoi ? pourquoi personne n'y a jamais pensé ?

Avant d'écraser rageusement sa cigarette dans le cendrier.

— C'est très simple : parce que personne – dans aucun film, aucun livre, aucune vie – ne t'a jamais aimée comme ça.

Silence.

— Pas mal… pas si mal. Disons que tu connais ton job. Admettons. J'imagine que tu n'es pas pressé d'en dire plus ?

— À ce stade, c'est délicat.

— Oui. On verra plus tard. Et sinon, vous avez pensé à qui d'autre ? Au moins pour le rôle principal.

— Je te l'ai dit déjà, il y a deux rôles importants. Leur *relation* pour le moment n'est pas établie. C'est l'intérêt de la chose… là où elle en est… tout bouge… tout peut bouger.

— Pas trop quand même tu pourrais me donner la nausée. En clair ça donne quoi ?

— Cary Grant.

Un temps.

— Choix impeccable. Rien à redire.

— Cary est sur le coup mais d'autres noms circulent, enchaîne Adan, d'autres gueules, d'autres dégaines… Ceux qui reviennent le plus sont Montgomery Clift ou Dana Andrew.

— Aucun rapport.

— En apparence. Pour ma part, j'avoue avoir un faible pour Monty.

— Tu n'es pas le seul… Dana Andrew, cela dit, c'est pas si mal – réfléchissant à voix haute – quoi que pas en forme ces dernières années, entre nous, il ne tient pas mais alors pas du tout l'alcool. Sincèrement, j'ai du mal à cerner ton personnage principal. Pour ne rien dire du film.

— Ben, au départ… c'était un peu dans cette optique que j'étais venu… tester des pistes… lancer des sondes…

— Au départ ?

Geste brusque de la main.

— O.K. On va pas revenir là-dessus. Tu sais très bien ce que je veux dire. Quel que soit le nom qu'on donne à ce qui a déraillé entre nous à un moment ou un autre… le nom qu'on donne à ce sentiment… je suis venu au L. H. B. pour mieux trouver…

— Oui ?

— L'inspiration.

— Et tu l'as trouvée ?

— Tu le fais exprès ou quoi ! lâche-t-il d'une voix trop forte.

Reprenant plus bas :

— Tu le fais exprès ou quoi, Ava, qu'est-ce qui t'arrive ?

Magnanime, la jeune femme observe la courbe de son bras sur le dossier, souffle dessus comme pour ôter une plume invisible, enchaîne :

— Monty c'est top. Dana c'est bien. Ensuite ?

— Ensuite... euh... ensuite quoi ?

— Eh bien : *ensuite !* reprend-elle sur un ton de caprice impérieux qu'il ne lui a jamais vu.

— Ah ! eh bien... eh bien... Alfred Hayes – un très bon qui a travaillé deux fois avec Lang – doit rejoindre le troupeau des scénaristes, ainsi qu'un écrivain peu connu ici, Australien mais formidable, Alec Coppel qui...

— Parfait, parfait. Et ?

— Et pour la photo ce n'est pas encore fixé mais ça devrait se conclure avec l'homme qui a créé l'image des *Amants du Capricorne*, puis de *Pandora,* bien sûr, comme tu sais : Cardiff.

— Cardiff... laisse-t-elle échapper. Jack Cardiff ?

Conscient d'avoir marqué un point, Adan se lève pour se dégourdir les jambes, s'étire : ... À lui seul un tel artiste est une aubaine, bâille-t-il ostensiblement, une véritable chance... dit-il avant de revenir s'asseoir sous le regard de plus en plus attentif de son hôtesse.

— Je veux dire, pour les *majors*, peut-être pas, mais pour une actrice, c'est sûr.

À son tour elle se lève, mesure les 24 mètres carrés de son territoire, faussement absente, les mesure de ses pieds nus, absorbée. Elle se retourne.

— En tout cas une chose est sûre : tu ne peux plus continuer ainsi.

— Continuer ?

— À t'appeler Adan Experinger ! dit-elle aussi imprévisible que catégorique. Je comprends que tu sois attaché à tes origines pragoises – ou viennoises, viennoises, tu as raison, ou viennoises mon chou peu importe, mais dans ce grand pays tu n'as aucune chance d'assouvir tes vastes ambitions avec… un nom pareil !

— Qu'est-ce qu'il a mon nom ?

— Il est… très mignon, d'abord, je tiens à le dire, très sexy… mais pas dans le genre qu'il faudrait. Adan – posant une main sur la sienne –, faut faire plus court, plus simple plus… Vrai.

— Plus *vrai* ?

— Oui, plus Américain, quoi.

— Je sais, je sais tout ça, admet-il, après un soupir. Tu n'es pas la première à me le dire ; j'ai déjà eu tant de mal à changer mon prénom. Et toi, tu aurais des… des… (la regardant mieux). Et bien sûr tu as déjà plein d'idées sur la question.

— Ne m'en veux pas. Mais en t'écoutant dérouler ton ex-futur-générique, dit-elle, mufle, le constat s'est imposé que tu ne pouvais pas garder ton patronyme. Et partant de là… une chose entraînant une autre… j'en suis venue à deux versions possibles de ton nom. L'une plus radicale, l'autre, peut-être, plus proche de tes goûts.

— Dis toujours.

— Adan Ex.

— Adan Ex ?

— C'est court, reconnaît-elle, mais ça claque.

— Un poil funeste non ? Et le second ?

Bien droite, l'observant de ses yeux en amande pour voir si, comme elle l'espérait, celui-ci conviendrait davantage :

— Adan Experi.

Æ

Centre de recherche

Désert des Mojaves au sud du Nevada

— Pour tout dire, je ne suis pas certain que monsieur Experi devrait s'exprimer ainsi. Je trouve sa façon de tourner les mots… les tordre, parfois, les manipuler… assez glauque.

— Sois plus clair.

— Contrôle ?

— Il peut nous voir sur écran (comme n'importe quel Visiteur), mais sur un réseau secondaire et il n'entend pas. Tu es fatigué, Larry : je te rappelle que c'est toi qui supervises la sécurité des échanges.

— Tu as raison. Contrairement à lui je ne dors pas bien. Quand je disais *s'exprimer…* je pensais aussi bien à certains propos… qu'à certaines images… ou figures…

— Atypiques.

— Ah ! Nerio, tu as remarqué.

— Ce que j'ai vu est peut-être la même chose que toi, peut-être pas. J'ai noté en effet une… singularité… mais je ne lui donne sans doute pas le même sens. En tout cas, rien de réellement flippant.

— Développe.

— Toi, Larry, vas-y ; c'est toi qui as des humeurs.

— Très drôle. Je suis soupçonneux. Soupçonneux et professionnel. Et toi l'ingénieur le plus lâche du marché.

(Rire)

— Oui… et c'est bon !

— Sérieux, Nerio, son histoire de *Nuit,* là… puis sa fable sur le lointain Empire sentimental… ou encore son espèce de… comédie noire hollywoodienne… je sais pas quoi… ça va pas. Tu crois vraiment que ce gars, avant sa transformation, a connu ce genre d'aventures à Los Angeles ? C'est quoi ce brouillard ? Adrian a été modifié pour ne plus souffrir des anciennes générations d'affects. Il a été affranchi d'une gamme de « jeux » trop

— Irrationnels ?

— Tu viens de le dire.

— C'est *là* que je t'attendais. Ce petit carrefour de rien du tout, au départ, mais aux bifurcations décisives à l'arrivée.

— Comprends rien.

— Au contraire, Larry, tu as bien saisi. À l'inverse d'une partie de la concurrence, au centre Æ nous nous efforçons d'éliminer le parasitage affectif, les stratégies de compréhension illogiques et autres failles imaginatives… Bref, d'assécher l'arrière-plan marécageux longtemps appelé *subjectivité.*

— Au profit d'une clarté d'esp… Je reprends : au profit d'une transparence neuronale inégalée.

— Oui, mais tout en permettant au sujet d'émettre des signes visibles d'ambivalence… d'indécision… de mimer l'arbitraire. C'est ainsi qu'Adrian a été logiquement révisé pour imiter le vertige. L'aléatoire. Recréer le voile sans cesse mouvant de la « subjectivité ». En un mot, Adrian est équipé pour manifester tous les signes extérieurs d'*intériorité*.

— Alors que depuis longtemps sa technologie est censée l'avoir libéré d'un prétendu « inconscient ».

— Exact.

— J'y suis.

— Tu y es *vraiment* ?

— J'y suis, Nerio, et pourtant

— Pas encore. Je vois que tu n'y es pas encore. Ce n'est que le début : les affects et les pensées naturellement troubles peuvent être d'autant mieux reproduits aujourd'hui qu'on comprend mieux leur genèse. Dans l'enfance une grande part de nos émotions se développe par imitation. Tout au long de la vie les émotions s'apprennent en se copiant, s'intègrent en s'imitant... Se *jouent*. D'où, ensuite, une part ineffaçable de leurre et de comédie attachée aux sentiments humains. Dès lors, Larry, face à l'esprit capricieux d'Adrian, son goût pour la fable, la métaphore, devant son mode de pensée quasi mythologique... face à sa langue si sophistiquée... la seule question devient : anomalie ou imitations ? Effets secondaires ou rendus bluffant du programme de gestion émotionnelle ? Passé un certain degré de modélisation, la forme d'un sentiment ou sa simulation ne sont-ils pas indiscernables ?

Long silence.

— C'est ce que je craignais, hasarde Larry... Avec toi on ne peut pas parler simplement. Tu es le roi des enfumeurs.

— Alors ça veut dire que ma formation a été optimale !

— De ce côté-là t'as pas de souci à te faire. Tu es au top. Sinon, il y a quoi à manger aujourd'hui à midi ?

— Du poulet basquaise, je crois. Faut qu'on bouge d'ailleurs. J'ai horreur d'être placé devant les cuisines.

L.A. 53

Longtemps Adan Experinger écoute résonner le nom prononcé par Ava, sentant sous la pénombre se nouer un accord possible entre eux… le nom et lui… dans l'avenir.

— Adan Experi, dit-il avec prudence, pas mal.

— C'est juste une idée. (Modeste) On peut sans doute trouver mieux.

Sans un mot leurs mains se cherchent sur le divan et s'entrecroisent. Un silence s'installe durant lequel Ava peut observer son complice perdu dans une pensée très intime… Elle dit, afin de se dégager d'une proximité presque trop grande, elle dit au hasard :

— À propos de nom, je voulais te demander : pourquoi *Adrian et les Visiteurs ?*

— Quoi ?

— Je ne sais pas qui sont ces fameux *Visiteurs,* mais pourquoi *Adrian* ?

— C'est drôle que tu m'en parles maintenant. Au tout début, n'arrivant pas à m'accorder avec Mr. Lang sur le nom d'un des personnages, je me suis résigné à lui proposer Adrian… Lang était ravi.

— Résigné ?

— Si pour Lang le nom collait parfaitement au personnage, pour moi en revanche c'était une facilité… disons… embarrassante. Adrian est la version américaine de mon prénom d'origine : Adriano.

— Voyez-vous ça… regardez-moi ce vilain petit cachottier… si je comprends bien… Ad, Adan, et Adrian viennent tous les trois d'Adriano ?

— Oui. Prénom que je tiens de ma mère italienne.

— Comme quoi, il suffit juste d'attendre, tout finit par se savoir.

— Ou presque.

— Ah ?…

— Je me trompe peut-être mais de mon côté il me semble n'avoir toujours rien appris de la position de Mrs Gardner sur la proposition de film qui lui a été faite ? Rien. *Nichts. Nada.* Proposition, j'ajouterai, des plus *attractives.*

— Pour être attractive, ta proposition, elle est attractive ! lâche-t-elle soudain dans un éclat de rire.

Le lorgnant du coin de l'œil, elle se lève.

— Vraiment très attractive, répète-t-elle s'éloignant d'une voix changée… Puis, après une absence, continuant à parler de dos : Va savoir ce qu'une telle femme pense d'un tel projet – comment veux-tu que je sache. C'est trop tôt pour elle, de toute façon, trop tôt dans la nuit pour se faire une opinion. Pour tout dire, Adan, cette femme est d'un genre qui n'accède aux idées claires qu'un peu avant l'aube… Mais arrêtons-là. Parlons d'autre chose, j'ai une surprise pour toi, une chose à laquelle tu ne t'attends pas du tout. Et qui devrait te plaire.

— Une surprise ?

— Oui, une vraie. Du genre qu'on n'oublie pas.

Ouvert, quoique hésitant, oh, et puis ouvert aux cadeaux dont la vie nous accable avec désinvolture, Adan laisse l'hôtesse prendre sa main, le tirer puis le pousser devant elle… en direction du fond de la pièce… vers le bar peut-être ou… non le téléphone ou le bar à moins… mais c'est pas possible ce n'est pas réel et surtout qu'est-ce que ça voudrait dire… la porte… la porte de la chambre ? Elle le pousse vers sa chambre ?

— Pas vers la chambre.

Joueuse à nouveau, elle se rapproche, saisit ses poignets avec une force étonnante et les écarte loin du corps, puis d'un coup l'enlace sans retenue et lève son visage vers lui.

— Pas la chambre, Adan. Le lit. Il y a quelqu'un dans le lit.

— Quelqu'un est dans le lit ? s'entend-il crier.

Les bras à l'horizontale, le corps d'Ava autour du sien, une seconde Adan éprouve un voluptueux sentiment de terreur.

— Oui, répond-elle.

— Et… depuis longtemps ?

— Très longtemps. Depuis le début. En vérité elle t'attend avec une certaine impatience depuis que tu as mis un pied dans la piaule.

— Je ne suis pas très sûr, Ava, pas sûr… d'apprécier ce genre de surprise… Tu ne m'en veux pas ?

— Au contraire. Tel que je te connais (et je m'y connais) je suis certaine que tu vas adorer.

Posant une main sur sa bouche elle ajoute :

— Assez parlé maintenant ferme les yeux.

Sans plus de volonté il s'exécute.

— Bien. Maintenant, Adan, tout dépend de ta confiance. Je vais te guider *les yeux fermés* jusqu'à la pièce voisine, voilà, c'est ça, c'est bien, fais attention aux fils et aux machins, là, sur le sol, encore un peu... avance... Ne bouge plus.

— Je peux quand même baisser les bras ? grogne-t-il.

— Mais oui, tu peux... dit la voix lointaine d'une femme qui après s'être éloignée semble évoluer dans un espace sans dimensions précises, un autre lieu, il en prend conscience, où il n'est jamais entré. N'oublie pas, dit-elle, si tu ouvres les yeux une seconde trop tôt, le charme sera brisé et tu perdras ce dont tu as toujours rêvé !

La voix se faisant moins localisable, au fur et à mesure, avec un léger écho.

Après un temps interminable une autre voix, plus mince, plus fragile ou sa véritable voix, à elle, mais différente en tout cas une voix venant d'un peu plus bas sur la droite prononce ces mots qu'il n'a plus jamais oubliés :

Maintenant, Adan, tu peux ouvrir les yeux.

Sur mes lèvres s'ébauche un sourire d'une tendresse qui ne peut s'exprimer, dans mes yeux glisse une pensée… inattendue… que tu ne peux suspendre et qui cherche à dire ce que mes mots ne savent pas trouver, pensée traversant la grille de tous les langages nouveaux qui, depuis longtemps, m'ont annoncé. Sous mon souffle bougent des doigts robustes, quoique vers le matin diaphanes, peut-être, ou le soir à peine. Au fond de mes yeux brûle une lueur qui ressemble à une confiance illimitée.

Ma jambe se lève devant moi, non, une crampe serait plus douloureuse, juste une tension. Chaque muscle se dessine sans rien déformer elle s'étire s'allonge et le pied, tout au bout, est magnifique. Fort, racé. J'oserais dire… intelligent. Franchement on en mangerait. Du moins c'est l'idée que je m'en fais, cela reste personnel, bien sûr, ces choses-là. Quoique *personnel* à notre époque sonne présomptueux. N'empêche, c'est important d'avoir une épaule, une oreille… enfin un truc ou un morceau de quelqu'un avec qui partager des pensées inutiles. C'est important. Des idées belles et futiles, caustiques, toxiques… létales ? C'est important. Le monde dehors […qu'est-ce que je raconte…], le monde est si sérieux. J'allais dire le monde « dehors ». Si c'est pas drôle ! Franchement, c'est niais, non ? Si *Old school.* On retombe vite dans les vieilles catégories. Le monde est si sérieux et surtout celui – depuis longtemps hégémonique – du divertissement. Ça m'a toujours frappé. Là, on ne s'amuse plus ! Plus ils produisent nos loisirs, organisent nos joies, plus ils sont féroces. Leur férocité ne se lit pas sur leurs visages – lisses et hâlés –, leur férocité se voit dans leurs gestes bancaires. Exclusivement. J'en ai connu quelques-uns autrefois… Avec lenteur mes muscles se contractent et ma jambe se pose sans effort près de sa semblable : deux jambes solides, d'un galbe net, puissant.

Visiteur, à qui se fier ?

Une coursive borde probablement les salles entourant l'appartement abritant la chambre où je me tiens. Et que je ne quitte pas. Pas beaucoup. Pas la peine. À quoi bon. Ne l'appelle-t-on pas la maison aux cents Portes ? La demeure aux mille Fenêtres. D'ici, la vue est littéralement imprenable. Mais comment en parler, comment exhiber sa chance dans un monde si dépourvu, je veux dire, sale exigu fétide dégorgeant d'habitants coincés dans des boîtes toujours plus petites au fond de villes plus étendues verticales arborées rayonnantes et surtout… unifiées. Dans une seule vague sans extérieur. Une même agglomération avalant posément aube châteaux rivières lacs forêts soirs avalant nuit avalant tout ce qu'auparavant on appelait…

comment on appelait ça déjà ?… mais si… ce qui se trouve ou se trouvait en dehors de la… le… hors-champ ? Non ça s'est du cinéma rien à voir... mais si ce qui n'est pas urbain... la... la... Oups, gros trou, pas grave t'as compris l'idée

car il n'y aura plus d'extérieurs aux cités en voie d'agglutination quand le dernier désert aura été absorbé comme le dernier terrain vague (tu imagines le luxe de ces deux mots : *terrain vague)* sondé, filtré (car un désert on a beau dire c'est pas *safe*) enfin découpé en parcelles de jeux dévolus aux enfants de la grande ville, joueurs, charmants, surdoués ces enfants de plus en plus augmentés drôles voraces drôles taquins drôle si drôles... et aussi... toujours plus affamés d'espace !

L'espace ici ce n'est pas ce qui manque. Et c'est pourquoi je m'oblige à un minimum de tenue quand j'aborde ce sujet devant toi. L'on comprend aussi pourquoi certains visiteurs (je ne dis pas « tous ») éprouvent tant de difficultés à repartir (notamment la petite bande de chercheurs-matons qui revient souvent) une fois qu'ils ont pris goût au confort clair et sans apprêt, à l'harmonie des parois silencieuses modulant le volume au gré des fantaisies, pris goût à ce monde que j'appelle sans ostentation : ma maison.

La maison d'Adi.

Qui d'ailleurs est un peu la tienne aujourd'hui.

De biais sur la vitre se reflètent mes yeux, le nez, mes lèvres à peine retroussées sur mes dents de falaise... sur la vitre qui me protège s'amorce un sourire... étonné... d'une tendresse sans modèle... ou juste adouci dans l'épaisseur du verre... un sourire ironique aussi... mais pas sûr.

L.A. 53

Quand il la voit sortir de la chambre à peine vêtue d'un drap flottant pour venir le rejoindre au milieu des gratte-ciel, palmes, nuages et autres motifs Art-Déco du tapis, Adan sait que l'irréparable a eu lieu. Sans un mot Ava dispose le cendrier près de leur tête, à même le sol allume deux cigarettes, lui en glisse une entre les lèvres, et, fraîche, se blottit contre son torse. Après une hésitation, elle dira : ne ris pas mais malgré ce que j'ai mis tant d'années à obtenir, j'éprouve un besoin incompréhensible de partir... loin ! Étendu sur le dos, un bras jeté sur le côté, Adan répond que non, au contraire, ce n'est ni risible ni inexplicable, il comprend. Et plus tard il ajoutera que c'est même parce qu'elle avait obtenu ce qu'elle voulait qu'elle pouvait ressentir le besoin de tout quitter, qu'elle pouvait aujourd'hui se payer le luxe de fuir. Mais à ce type de sentiment, on le sait, il n'y a pas d'issue.

Non, il n'y en a pas. Elle n'a pas répondu cette phrase. Elle n'a rien dit. Même à cette heure tardive un calme inhabituel règne dans la villa, plus aucun bruit ne monte de la galerie ou du patio, donnant à leur étreinte une touche presque excessive de solitude. La véritable histoire du fabuleux Adrian. C'est à cet instant qu'Ava entend dans la pièce une phrase mal localisable.

— Comment ? dit-elle.

— Ne m'en veux pas. Surtout ne le prends pas mal, je ne parviens pas à me sortir de mon film… Son titre en particulier me mange la tête.

— De quoi parles-tu ? Quel titre ?

— *La véridique histoire du fabuleux Adrian.*

— Mais, Adan, ton film (se redressant sur le coude), il a combien de titres ?

— Une bonne centaine, pourquoi ? Je te l'ai dit (il rit) le film est en préparation, son script est un chantier… tu te doutes que le titre est loin d'être trouvé… on cherche… je teste.

Penchée sur lui, elle scrute un moment le gris si particulier de ses yeux.

— Excuse-moi, se ravise-t-elle, replongeant son visage au creux de son épaule, excuse-moi, c'est bête.

— Pas du tout. C'était maladroit de ma part de revenir là-dessus. Ça se fait malgré moi. Tu sais comment c'est.

— Non. Aucune idée ! Enchaînant aussitôt : *La véridique histoire du fabuleux Adrian,* c'est marrant, O.K., mais ça sonne un peu film d'aventure, chroniques d'un autre temps… Tu ne trouves pas ?

— Ce ne serait pas pour déplaire au maître. Le film d'aventure est un genre noble, à ses yeux, et qui correspond bien à ce qu'il a en tête quand il *voit* son prochain film… Du moins certains soirs.

— Ainsi soit-il.

Elle réfléchit.

— Tout de même, Adan, quelque chose m'intrigue… une opposition… dans le titre… on y trouve une contradiction… Pourquoi ?

— Ah ! tu vois ça fonctionne, s'exclame-t-il heureux comme un gosse.

— Je n'irais pas jusque-là.

— Le titre traduit un jeu sur les apparences : une manœuvre entre illusion et réalité, dans l'intrigue, qui se referme sur les protagonistes. Inévitablement.

Ava se tourne sur le dos, tend au hasard une main vers son briquet, allume une cigarette.

— Mais encore ?

Il sourit.

— Compte sur moi pour ne pas en dire trop. Je garde toujours un minimum de matériaux avant la première lecture d'un script. Mais je peux quand même te lâcher qu'un des ressorts de l'histoire s'appuie sur un antimirage.

— Qu'est-ce que c'est ? Antimirage ? Connais pas.

— Alors c'est encore mieux. D'après Fritz Lang – mais l'imagination de cet homme méthodique est sans limite –, ce procédé lui viendrait d'un collègue viennois, von Sternberg en personne, qui le tiendrait lui-même quelques années plus tôt d'un autre de ses compatriotes, le célèbre, l'influent et néanmoins étrange… Dr. Freud.

— … La mafia viennoise …

— Tu dis ?

— Rien, je pensais tout haut. Je viens juste de comprendre comment un aspirant scénariste a pu si facilement rencontrer un homme tel que Fritz Lang. Comme quoi, en dépit de tout, j'ai su garder une désarmante fraîcheur…

— Je ne te suis pas.

— J'avais juste oublié, cher, *très cher* Adriano Experinger, que la moitié d'Hollywood a été bâtie par une poignée d'immigrés (allemands ou autrichiens pour la plupart) venus d'Europe centrale.

— Alors là… alors là… ça n'a rien à voir… mais qu'est-ce que tu as l'esprit mal tourné… oh ! alors là c'est simplement… déloyal.

— Comme souvent la vérité, mon chou. Mais poursuis. Tu me parlais de ton piège : l'antimariage.

— Antimirage. Ne le fais pas exprès.

— Admettons. Et donc ?

— Connais-tu l'anecdote de Charlie Chaplin se présentant en 1915, dans un théâtre de San Francisco, à un concours du meilleur sosie de… Charlot ?

— Euh non… oui… vaguement…

— Le fait est authentique : il ne s'est pas qualifié pour la finale ! D'autres imitateurs ont été jugés plus *crédibles* que lui.

— Oui… oui… je m'en souviens maintenant… cette histoire est presque incroyable !… lâche-t-elle avec aplomb.

— Ou angoissante. C'est selon. Le côté par lequel on envisage l'expérience. Mais ce n'est pas pour son pittoresque que je t'ai raconté cette anecdote. La situation de Charlot qui se présente à un concours *comme* un imitateur de Charlot implique un mécanisme ancien qu'on retrouve dans de nombreux mythes, romans, au théâtre et bien sûr au cinéma. Il s'agit d'une illusion particulière, si on veut, car inversée, où le vrai se présente comme son simulacre, où le vrai se montre comme s'il était faux. Bref : où la réalité se fait passer pour une fiction.

À cette seconde, allongés côte à côte, Adan peut voir leurs corps nus se refléter dans la laque noire du plafond. Tous deux s'y observent sans bouger.

— On pourrait rapporter beaucoup d'autres exemples, enchaîne-t-il, détaché, dans l'industrie tortueuse du cinéma ou les replis de certains de ses scénarios. L'un des plus émouvants à mes yeux reste l'antimirage monté par Billy Wilder dans *Sunset Boulevard*, qui conduira Gloria Swanson, en 1950, à jouer exactement ce qu'elle est au moment du tournage, soit une ancienne gloire du muet dont la carrière n'a pas survécu à la révolution du parlant. Mais il en existe bien d'autres, plus troublants encore, car au départ entièrement ignorés du spectateur.

Plus haut Adan voit le fantôme de sa voisine bouger, s'étirer… et basculer chaudement contre lui.

— Adi, tu es charmant. Tu parles, tu parles, tu parles… mais ne connais pas tes limites. Jusqu'où peut-on aller ? Que peut-on se laisser dire ? C'est toute la question. — Elle se tait. — Écoute, souffle-t-elle, se pelotonnant davantage, je vais t'avouer un secret que je n'ai jamais révélé à personne et que ma grande sœur adorée, jadis, m'avait confié : *Qui sort avec un écrivain est sûr de ne jamais s'ennuyer !*

Æ

Centre de recherche

Désert des Mojaves au sud du Nevada

— Du nouveau, Larry ?

— Pas vraiment. Il ressasse. Toujours la même salade... de souvenirs... parfois en boucle... La routine.

— « La meilleure compagne du chercheur : celle qui ne vous trahira pas. »

— Moins fort, Nerio ! On croirait entendre la directrice de projet avec l'accent italien... Tu me distrais et la séance sera inexploitable.

— Puisque tu parles de Sanjira, justement, te souviens-tu de notre ancienne conversation ?

— Entre toi et Sanji... Ou entre nous et

— Entre nous à propos de Sanji.

— Je crois me rappeler tout à coup... que je ne m'en souviens pas.

— Tu disais quoi l'autre jour à propos de « l'ingénieur le plus lâche du Marché » ?

— Rien à voir. Cette fois il ne s'agit pas de travail mais d'un point de tension personnelle entre Sanjira et nous... enfin toi surtout. On ne peut pas confondre.

— Cette conversation ne concernait pas le projet, Larry, l'âge d'Adrian ne concerne pas le job ?

— Pas directement. Tu sais très bien ce que je veux dire. On ne va pas en faire des tonnes non plus. D'accord, il s'agit d'une variable potentiellement non nulle... Peut-être même, sait-on jamais, intéressante... De là à mobiliser toute l'équipe pour une information qu'on aura tôt ou tard...

— Ou pas.

— Ou pas.

— C'est-à-dire jamais.

— Ou jamais, voilà !

— Vu le travail en cours, il est vrai que l'année de naissance de M. Experi... ou encore la date où aurait commencé sa modification... constituent des données « intéressantes ».

— C'est étonnant, Nerio, à quel point nous ne regardons jamais les choses de la même façon.

— C'est pour ça qu'on nous a mis ensemble.

— Pas faux.

— C'est pour ça que Sanjira a constitué notre binôme.

— J'avais compris.

— Bon, alors... je peux compter sur toi ?

— Pour ?

— M'épauler quand elle viendra dans les parages faire le tour des postes.

— ... Muhmmm

— Je n'ai pas compris.

— ... Mmmouuais.

— Merci, Larry, tu es un ami, je te revaudrai ça !

Pause. Air détaché.

— Ce n'est pas très propre, ici, tu ne trouves pas ?

— Tu es un baratineur, Nerio. Je comprends que Sanjira t'ait à l'œil. Normal que ce soit douteux nous sommes dans une unité de pointe.

— Tout de même.

— C'est une loi pour toutes les agences privées qui travaillent pour la Défense : plus c'est stratégique moins c'est net.

— Pas faux, pas faux… (Silence) Mais sans blague tu ne te demandes jamais, de *toi* à *toi*, quel âge peut avoir ce gars-là ?

— De moi à moi il n'y a pas grand monde.

— Évidement, vu ainsi ça résout la question. Sérieux : tu n'y penses jamais ?

— Pas payé pour.

— Tu y penses… allez je suis sûr que t'y penses. Tu vois, en ce qui me concerne je peux comprendre son souhait à lui, Adrian, de garder une certaine discrétion. C'est légitime. Mais pour le Labo ? Quel intérêt de vouloir dissimuler son passé à l'équipe. C'est absurde. Ça ne tiendra pas.

— Mais *ça* ne tient pas.

— Tu as l'info, Larry ? C'est pas vrai, tu as l'info ? J'y crois pas, ce fourbe a l'info et il ne m'a rien dit !

— On se calme. Je suggère juste que le but n'est pas que ça tienne… pas forcément. Si tu n'étais pas obnubilé par cette question tu te serais rendu compte qu'elle n'est peut-être pas la plus… sensible… qu'elle agit comme une façade. Tu saisis ?

— Beaucoup mieux. Maintenant. Tu ne m'enlèveras pas de l'idée que sur ce coup tu as été briefé. Pas possible autrement. Il n'y a pas si longtemps encore tu ne semblais pas comprendre grand-chose.

— Ben… Oui. Vu qu'à chaque synthèse je n'ameute pas « l'équipage » avec mes lubies, il arrive que l'air de rien… entre un yucca aphasique et une fontaine d'eau bipolaire… « elle » communique avec moi.

— Je vois. Tu « la » salueras de ma part.

— Qu'un gars comme moi ait eu besoin d'être éclairé, d'accord, mais toi, Nerio… un homme si raffiné, aimant creuser derrière les apparences, débusquer les erreurs, approfondir (verbe sacrilège dans ce puits de verre où nous travaillons : je retire). Je suis étonné que tu n'y aies pas songé tout seul. C'est intéressant, d'ailleurs : il n'y a pas si longtemps de nous deux c'est moi qui étais le plus… perplexe.

— Largué, tu peux le dire.

— Et toi le plus zen. Aujourd'hui je suis plus détaché, et toi de plus en plus soupçonneux… comment dire… Anxieux ?

— Savoure, Larry, savoure bien cet instant magique. (Silence) Je retiendrai simplement de notre petit entretien qu'Adrian et le Lab s'entendent pour maintenir un voile pudique sur ses origines. Toujours bon à savoir.

— Là, tu entrouvres une porte que je ne franchirai pas aujourd'hui. Mais on bavarde, on bavarde… et je vois déjà dans l'allée latérale se faufiler un bout du sari de notre sublime directrice… Tu vas pouvoir lui poser plein de questions.

L.A. 53

Préférant oublier les fantômes qui bougent dans la laque du plafond, Adan saisit un coin du drap, l'enroule autour de leurs corps et lui répond d'un trait : « Ta sœur est une femme remarquable, tu as raison de l'écouter, ne me quitte plus jamais ! » D'évidence, la tête d'Ava enfouie au creux de son épaule, et son bras qui lui enveloppe la taille, leur racontent une histoire plus puissante que tous les cauchemars ambiants. Bientôt, il leur faudra penser à la fin de cette nuit. Mais pas encore. Pas maintenant. Quand ils ferment les yeux ils ne sont plus que bras et jambes unis, quatre mains, un sourire, une peau qui respire, un même silence qui parle. Personne, au même instant, aucun groupe ou organisation plus ou moins souterraine qui sillonne la ville ne saurait les séparer.

Plus tard, il demandera :

— Quand tu te vois partir, tu t'imagines où ?

— Aucune idée. En Espagne peut-être. Mais si je te disais *où* ça changerait quoi ? J'aurais une chance de t'y trouver ?

— Franchement ?… Aucune idée.

Ava glisse sur le côté, elle rit, glisse en s'étirant, se lève et disparaît dans la chambre avant de revenir fumer une cigarette, paisible, adossée à la commode.

— Ce soir, poursuit-elle, ce ne serait pas la peine de me pousser beaucoup pour que je croie tout ce que tu me dis.

— Tu sais, partir, on s'en fait une montagne. Et puis…

Aucune réponse ne lui venant, Adan parvient péniblement à détacher sa tête du sol et découvre son hôtesse : immobile, devant une affiche qui domine le petit meuble en bois clair contre lequel elle s'est appuyée.

— Je n'avais pas remarqué, murmure-t-elle, cette image, je ne l'avais pas repérée.

En grand format au-dessus de la commode domine le visage pur et métallique d'une jeune femme auréolée d'un double anneau électrique. Au loin sur fond pâle se détachent les ombres menaçantes de la ville du futur.

— Pourtant nous sommes bien dans la loge *Metropolis,* dit Adan. Le style Art-Déco de la pièce nous le rappelle assez.

— C'est curieux… tout de même… que je n'aie pas fait le rapport…

— Avec ?

— Ta proposition.

Elle se retourne, mi-amusée, mi-troublée.

— Je veux dire avec l'une des inspirations de ton film !

La tête d'Adan, épuisé, retombe sur le tapis.

— Que veux-tu ? Ça arrive. Cela s'appelle une « heureuse coïncidence ». Comme seule la vie nous en réserve. Soudain dans nos vies tous les événements s'harmonisent. Magiquement. Quoi qu'il en soit, ajoute-t-il avec un clin d'œil : on peut dire ce qu'on veut sauf que Lore n'a pas le sens du détail.

Silence.

— Lore ?

Ava pivote avec prudence.

— Tu connais Lore ?

Sous lui l'homme sent le sol rouler sourdement comme un corps qui se retourne.

— Je la connais, je la connais… comme tout le monde. Tout le monde connaît Lore. Rien de personnel. – Bouche sèche. – Mais j'imagine que c'est elle qui veille au grain, pour chaque étage, chaque loge et qui…

Il s'arrête quand il s'aperçoit qu'il parle trop.

Elle dit :

— Tu parles trop.

D'un coup Adan se redresse et fixe la jeune femme qui ne le regarde plus.

— Bon, et alors ? Qu'est-ce que ça change ? Le bourbier où nous sommes est le même mais nos sentiments… nos sentiments n'ont pas bougé… Tout au plus certains arrière-plans du décor. En bonne professionnelle, Lore a choisi une loge accordée au film. O.K. Et alors ?

— Excuse-moi un instant, je reviens.

Calme, la jeune femme se retire dans sa chambre et après une absence durant laquelle Adan ne perçoit que des bruits flous et incompréhensibles, Ava réapparaît. Couverte d'un déshabillé de soie prune miroitant au rythme de ses pas.

Sans le voir, elle passe devant lui et va s'asseoir dans le fauteuil, face au canapé vide.

— Tu disais : « … Le merdier inextricable… »

— Allez, Ava, chérie, je t'en prie, pour nous qu'est-ce que ça change ?

Elle tire l'ourlet en velours de sa manche, pose un pied sur la table, tourne son visage vers lui, sourit.

— Que tu sois l'employé de Lore Helen B. ?

— Mais non…

— Son soldat ? son agent ?

— Mais non voyons…

— Son sale petit instrument pour *m'atteindre* ?

— Tu ne peux pas présenter les choses ainsi. Ça n'a aucun sens… Enfin, Ava, je ne travaille pas pour Lore !

Regard glacial de l'hôtesse.

— Mais *moi* non plus.

— Je sais, dit-il, baissant les yeux, je sais bien.

— Tu ne sais absolument rien !

Enroulé dans son drap, Adan demeure tassé sur lui-même le front pris dans un étau.

— Tu es juste un gosse avide, articule-t-elle, tu t'imagines assez malin pour nager où nagent les gros poissons… où croisent de très vieux animaux depuis longtemps adaptés aux profondeurs… là… tout en bas… d'où aucun nageur ne remonte… Là où tu vis Adan ne s'étend que l'obscurité.

Le scénariste se redresse.

— T'es-tu jamais demandé, commence-t-il d'une voix douce, à qui appartient l'hacienda ?

— De quoi parles-tu ? Quelle hacienda ?

— Celle où nous nous trouvons : le L. H. B.

— Je ne sais pas… à… Lore. Ce claque est sa vie et sa principale source de revenus. C'est connu.

— Trop, peut-être.

— Trop quoi ? Je ne te suis pas, dit-elle, le regard dur mais la voix déjà blanche. Où veux-tu en venir ?

— Toujours au même endroit : au L .H. B.

— Ça ne m'intéresse pas. Je ne me suis jamais intéressée. À ces questions.

Sa voix complètement hachée.

— Tu aurais peut-être dû… avant de venir jouer ici comme dans une cour de récréation de luxe… une grande maison de poupée… tu aurais peut-être dû. D'ailleurs toi-même me l'avais rappelé : « Au L. H. B. on ne joue pas. Fini de jouer. »

— Je ne vous permets pas !

— Trop tard, chérie. Ce n'était pas mon rôle de t'en parler. Mais tu t'es autorisée à m'impliquer dans ce traquenard avec une telle désinvolture, alors à mon tour je te demande si tu t'es déjà interrogée sur les véritables propriétaires du L. H. B. ?

La méduse est l'avenir de l'homme. Tu sais combien ma parole est devenue fiable pour toi qui me fais la grâce de me suivre avec inconscience de session en session. Tu sais comment en tous points de la vie ou de ses films tu peux vérifier au détail près ce que j'avance. Alors je le lâche direct : la méduse est l'avenir de l'homme. C'est sans alternative. Dit ainsi, bien sûr, l'affirmation peut prêter à confusion. Pourtant il n'y a pas de confusion possible. Difficile, d'ailleurs, difficile d'imaginer tout ce que l'espèce humaine doit à l'expérimentation animale. Pratiquement inconcevable. Réellement... quasiment... pas même concevable un petit peu ?... si ?... peut-être un chouia concevable par exemple là... en y mettant un peu de volonté... ce serait possible... Tiens, je vais t'aider : si tu veux te représenter l'ensemble de ce que l'homme doit à l'exploitation forcenée de l'animal : pense à moi.

Puisque je suis au centre. Infaillible. Au centre d'un dispositif sans défauts qui m'épargne d'éprouver les tracas, bobos, menus accidents qui me dispensent de connaître les catastrophes et autres aléas du vivant. Ici... chaque couloir, passerelle, chaque capteur le moindre œil humain ou non de ce profond et comme flottant édifice se trouve orienté vers moi. Infaillible. Je serais donc infaillible moi aussi ? Pas exactement. Pas tout à fait… en voie de le devenir… quelque part entre le vague amas de cellules et l'autonomie optimale. Entre la proposition animale primitive et… l'impérissable. Tu l'as compris je ne suis rien. Ou beaucoup selon là où tes yeux se posent et la manière dont ton cœur m'envisage.

Un point est sûr, je ne peux pas quitter ce trou. C'est idiot, je sais, mais… je ne peux pas du tout bouger de ma place. À l'image de la minuscule méduse *Turritopsis nutricula* (devenue légendaire auprès de plusieurs générations de biologistes) qui ne connaît aucun processus de vieillissement (mais avec un taux de mortalité non nul en raison des maladies et prédateurs), je suis dans mon domaine ce qu'on appelle un *organisme robuste*. Très robuste. Le problème est la taille (problème mineur et sans doute provisoire) de mon domaine. Car cette faculté remarquable ne peut s'exprimer que maintenue dans un milieu étroit. Pour ne pas dire exigu. C'est tout moi ça ! Adrian Experi : immortel en laboratoire. Cocasse, non ? Je ne t'avais pas menti, la méduse est l'avenir de l'homme.

Ce qui m'étonne le plus dans ce qu'on appelle la chambre, et qui de fait *est* ma chambre, ce qui ne cesse de me surprendre vient de la banalité du lieu. Que ce ne soit pas grand, soit. D'un désordre à peu près général et d'une propreté dont l'évocation ferait sourire chaque équipier de cet étrange « bâtiment », passe encore. Mais ce silence… ce demi-jour presque ininterrompu à l'intérieur de quoi je me développe… ont-ils un sens ? Quelle est leur fonction ? Y a-t-il une réponse à ces questions ? Je n'ose plus les poser. Aurait-on peur de moi ? Non. C'est absurde. D'ailleurs leurs attentions continues à mon égard le contredisent. N'empêche que l'endroit à mes yeux, je dis bien *à mes yeux,* l'endroit est dépourvu de chaleur… vague… serait le mot… vaguement hostile. Sur les parois de la chambre sillonnent des câbles, grouillent des pinces, rampent et s'entrecroisent des fils au milieu d'un petit peuple de vis et de verrous qui ne me parlent pas… n'évoquent rien… ne s'intéressent jamais à moi.

Soudain tout s'illumine.

Soudain une brèche s'illumine. Puis deux, puis trois, une lucarne… un cercle scintille… écran après écran une paroi entière s'adoucit… se colore… devient translucide… *voyez-vous ça…* laissant entrevoir une enfilade de salles… *comme c'est curieux…* de marches courant sur des escaliers reliant des studios montant vers des cieux eux aussi intérieurs. Quelle surprise ! M'aurait-on entendu… *comme c'est touchant…* aurais-je cette fois été compris ? Une senteur marine… *de loin ma préférée…* se diffuse dans la pièce et une ambiance plus tamisée… *très « dunes boréales » mais où vont-ils chercher ces noms…* se stabilise autour d'une myriade de spots invisibles. Fascinant à quel point une inflexion de ma voix (vraiment une simple modulation) peut provoquer chez ceux qui l'écoutent la réaction adéquate. Ce phénomène me captive, littéralement je n'en reviens pas... j'en use et abuse... ça me fait rire... rire, rire... ça me fait tellement rire... et en même temps me ravage. Je ne peux pas t'expliquer. Parfois ça me donne la sensation d'effleurer un clavier dont il suffit de savoir jouer pour obtenir une gamme d'émotions attendue. Furieux, non ?

Furieusement excitant ?
dégrisant
agaçant
exaltant ?...

Quelle que soit la nature de ton sentiment, à cet instant, ce n'est pas toi qui me contrediras.

L.A. 53

Un pied sur la table basse, le corps incliné en arrière, Ava fixe son interlocuteur comme si cette simple observation allait trouver une issue dans le labyrinthe où ils s'étaient d'eux-mêmes enfermés. Le quittant des yeux elle laisse tomber :

— Le montage des sociétés écran ne m'intéresse pas. Je te l'ai déjà dit. Mes relations avec Lore se situent sur un autre plan.

— Les tiennes, peut-être. Mais les siennes ? Ava, tu ne peux pas vivre en permanence à califourchon sur un tourbillon suave juste parce que tu l'as décidé ! Ça ne marche pas.

Devant cette étrange évocation la jeune femme ne peut s'empêcher de sourire. Prise entre deux élans, elle hésite puis, d'un geste inconscient, pose la cigarette qu'elle s'apprêtait à allumer en équilibre sur son briquet et se dirige vers lui enroulé dans son drap sur le tapis, incline son visage et lui glisse à l'oreille : Je crains que depuis le début une méprise se soit glissée entre nous. Il existe beaucoup de raisons pour lesquelles je ne sais pas à qui appartient le L. H. B., mais la principale est sans doute *que je ne veux pas le savoir.* C'est le meilleur sens que l'on puisse donner à la phrase *ça ne m'intéresse pas.* Dans la vie, monsieur Experinger, il existe de nombreuses manières de jouer. Je ne suis pas très vieille, mais je sais qu'au grand Jeu de l'existence la majorité des hommes ne sait que perdre. Reste la possibilité de choisir sa manière. Ce n'est pas énorme, je sais, c'est déjà ça. Et pour certains ça compte. Étant donné ce que j'ai pu découvrir cette nuit, Adan, je me garderai de te juger. Alors n'essaye pas à tout prix de me comprendre.

Respirant son parfum, leur tête se frôlant, Adan Experi parvient à saisir entre leurs boucles l'éclat d'un regard vert indéchiffrable. Puis, sur le visage de la jeune femme, il voit se former un sourire et elle lui dit qu'elle aimerait lui montrer quelque chose à quoi il ne s'attend pas. Une chose qui, au point où ils en sont, pourrait lui être utile. « Une fois encore, ajoute-t-elle, glissant avec tendresse ses doigts dans la sueur de ses cheveux, je vais te demander de fermer les yeux – ça ne prendra que quelques secondes – et à mon signal : tu les ouvriras ! »

Presque soulagé de se soumettre une nouvelle fois aux lubies de son hôtesse, Adan s'exécute. Juste le temps de se ressaisir pour tenter de remonter le fil d'une séquence qui lui a complètement échappé. Un silence s'attarde cependant, d'une autre nature, plus étanche, qui n'aide pas à deviner ce qui se passe. « Mais qu'est-ce qui m'a pris de parler de Lore… qu'est-ce qui m'a pris… quel benêt… quel irrécupérable con… va savoir ce que mon ensorceleuse fabrique… c'est bien long tout de même… j'entends pas grand-chose… rien… vraiment… rien… » Un accès de panique lui fait ouvrir les yeux. Personne. Regards perdus dans la loge. Vide. D'un bond il se redresse, tourne sur lui-même puis, dans un sourire, s'apaise, et s'oriente vers la chambre en se disant qu'elle ne va pas deux fois jouer la même scène… d'une main pousse le battant… non pas deux fois quand même… d'un regard embrasse le désordre du lit. Non ! Pas deux fois. Les battements de son cœur se font douloureux. Adan revient au centre de la loge, pivote lentement et, d'un coup, s'immobilise : sur la table le briquet et la cigarette ont disparu. Il a compris. D'une main il s'appuie sur l'accoudoir et se laisse tomber au fond du canapé. Inutile de chercher les deux escarpins qui gisaient au sol. Ils ne sont plus là.

Un temps mal défini voit le scénariste ne plus bouger du divan.

Sa vie entière défile devant ses yeux tandis qu'il se refuse catégoriquement à faire le bilan de quoi que ce soit. Un bruit. Sur la galerie. Un bruit l'alerte, feutré, presque indistinct. Sa tête s'oriente vers le rideau qui tremble… un souffle… un peu de vent dans le patio… Une ombre se tient, là, derrière. Il ne rêve pas. Ne l'invente pas. Quelqu'un ou quelque chose se trouve derrière le rideau. C'est elle : Ava, elle est revenue ! Jamais elle n'aurait pu le jeter, jamais elle n'aurait pu le larguer comme un déchet. D'un seul élan il se propulse vers le voile qu'il tire dans un grand geste empli d'espoir.

Blonde, menue, indestructible : Lore.

Face à lui se tient Lore Helen B. Un moment elle le fixe en silence, puis, inclinant la tête, de sa voix rauque venue du fond des âges elle lui dit : « Minable petite merde ! »

Mes yeux fuient le regard qui me guette dans la vitre et me renvoie une pensée que je préfère ne pas trop développer à cette heure. Et pourtant. Comment en vouloir au regard qui vit dans l'épaisseur du verre ? Comment ne pas prêter attention à l'ironie de mon propre reflet ?... Ne pas admettre que la recherche de l'autonomie la plus grande nous a tous conduits à l'isolement le plus étroit.

Et à l'avidité sans bornes. En ces temps d'individualisme sauvage, à l'extérieur, il est amusant de vérifier dans ma cage combien une tolérance très basse à la frustration rend dépendant d'un flux croissant de gratifications. Un trou. En quelque sorte. Je, tu, il est un trou. *Comme je te l'ai déjà dit peut-être lors d'une session précédente...* On peut dire aussi tube. Pour varier. Trou tube ou tuyau qu'il faudra remplir de nouvelles capacités joies sports sexes décos guerres et autres aliments... *Mais était-ce bien à toi, alors, que je parlais ?* Très loin du détachement. Très loin de l'antique et sans doute légendaire esprit de détachement. L'homme qui se rêve infaillible et autosuffisant n'est pas en réalité le Satisfait. Son habitat se situe à l'opposé de cette région-là.

L'Autosuffisant serait plutôt le perpétuel insatisfait tout entier un peu attaché à ce qui pourrait un peu atténuer son éternel appétit. Allez viens... avance... pénètre en ce monde où chacun se veut souverain et où tous demeurent irrésistiblement dépendants... Irrassasiés.

L'homme neuf étant devenu globalement quantifiable, il pourra bientôt s'élever au stade parfait du stock à maintenir.

Dans l'espace qui s'étend au-delà du verre mon regard balaye avec minutie le sol du local où ne végète qu'un peu de poussières deux câbles trois processeurs et une floraison d'instruments de tous types, on les dirait de toutes les époques mais en vérité quels que soient les noms et les mœurs de cette faune c'est le désert qui m'environne, un lisse anthracite et miroitant désert où jamais personne ne vient marcher. Je finirai par croire qu'on cherche à m'éviter... qu'on me fuie...

Ferais-je peur ?

Hypothèse absurde.

Voilà en tout cas où m'aura mené la systématique élimination des risques auxquels ont longtemps été exposés nos aînés. Il est vrai qu'au fil du temps a persisté un insatiable désir de sécurité qui aujourd'hui me permet de vivre enfermé dans ma perfection. Immortel *ex vivo*. Ça se sent. On le croit. La traque de l'inutile souffrance aboutit ici. Au centre. Au cœur de la maison d'Adi. C'est-à-dire, afin que ne subsiste plus la trace de la moindre ambiguïté entre nous, là où tu te trouves quand je m'adresse à toi.

Souvent, à part moi, je me demande – *à part moi : mais où vais-je chercher pareilles expressions !...* – si un organisme guéri de toute corruption est encore, ce qu'on appelle, vivant ? Un vivant dénué de mortalité c'est toujours du vivant ? J'en viens à me demander comment il serait possible de ne pas glisser de la réparation sans limite du vivant à la restauration illimitée d'un mort... comment ne pas glisser de la réparation du vivant à son extraction de la vie et de la mort... au prolongement d'un être... ni vivant ni mort... à la préservation d'un... Non-Mort ?

Assis sur mon trône de verre, je te le demande : comment ?

À un infime geste de recul, chez toi, un simple pli du visage, je sens que tu n'avais pas prévu cette question. C'est pas grave. Tant qu'on est vivant, ce qui est probablement ton cas, on ne peut pas tout prévoir, quoi qu'on dise. Ne t'inquiète pas. La vie, Visiteur, te réserve bien d'autres surprises, et pas forcément dans un futur éloigné d'ici... un nombre de pages très éloigné de là... Pages, j'ai dit « pages » ?... Oui j'ai dit « pages » comme j'aurais dit « plans », « écrans », ou « fenêtres »... c'est une image, tu vois, une figure de style... rien de sérieux. Et encore moins de grave ou dangereux. Ça va de soi.

... Un Non-Mort, cela dit, ce n'est pas simple à définir, cette chose-là, je pourrais dire aussi... un Exfiltré, un Persistant, un Résistant... une Teigne une Infection un Cancer ?... Une fois de plus les mots nous manquent.

Seigneur ! qu'il me tarde qu'on ait définitivement réglé cette question… Je parle du langage, bien sûr.

Les six écrans de ma chambre – disposés sur trois des quatre parois – se mettent à grésiller. Je sais qu'on m'informe ainsi qu'une nouvelle session va commencer et que, bientôt, j'aurai de la visite.

De la visite… tiens… ça alors…

Mais qui donc ?

Æ

Centre de recherche

Désert des Mojaves au sud du Nevada

— Tu reviens quand tu veux !

La porte du sas coulisse tandis que s'attarde dans la pièce les subtiles senteurs imprégnant les vêtements de Sanjira.

— Bon… ça s'est plutôt bien passé, reprend Larry après un silence.

— Rien à faire : comme cheffe elle est irréprochable, comme femme magnifique… mais elle me glace.

— Tu veux dire que tu te la ferais bien.

— C'est ça.

— Banal.

— Pathétique serait plus juste.

— C'est de ta faute aussi, Nerio ! je t'avais dit de ne pas revenir avec elle sur l'âge d'Adrian. Ça la froisse ; la crispe ; la contracte ; elle devient grise. Tu as bien vu.

— Sûr qu'avec toi on ne risque pas de la contrarier. (Haussant les épaules) Pour parler d'autre chose… tu ne vas pas me croire… quelquefois, pas toujours, mais quelquefois… je le trouve émouvant.

— Qui ?

— Le Magicien d'Oz !… Allô ?… On se réveille. On est censés faire quoi dans cette cabine ? Tu atterris, Larry, je parle d'Adrian.

— Ça va j'avais compris. L'empathie, tu maîtrises mieux pourtant d'habitude… Dis-toi qu'il n'a pas trop le choix non plus. Dans sa situation il doit pas mal cogiter, faut bien qu'il s'exprime, cet homme… déplore ou médise… nous séduise… Bref : faut s'occuper.

— C'est ça. Tu as raison. Par exemple quand il parle de sa maison… avec son attirail de sentiments ambivalents, là, il me fait penser… c'est simple il me fait penser… à… à un chien attaché à sa niche !

Éclat de rire général.

— Mais c'est vrai… c'est vrai… j'osais pas le dire j'y ai moi-même pensé… (riant de plus belle) … c'est horrible…

— … Oh ! la bonne blague… c'est franchement horrible… franchement… on devrait avoir honte…

— Oui… on devrait…

— … Mais j'ai honte, moi j'ai honte…

— Moi aussi… je te jure…

Brefs regards par les vitres, le sari semble avoir bougé. Ils se reprennent.

— N'empêche, Larry, quand on pense à l'énergie que cet homme a dépensée pour espérer un jour se retrouver ici.

— Tu m'inquiètes… tu nous prépares pas une rechute ?

— La ténacité dont il a dû faire preuve, l'endurance, je ne sais pas, une chose peut-être plus sombre que l'obstination.

— Et alors ?

— Pour aboutir tout seul au fond d'un trou.

— Il n'est pas seul d'abord et… mais t'es sérieux ? Nerio, tu vas bien ?

— Non, je plaisante, tu vois bien, je te fais marcher.

— … Ah !…

— Selon toi, au bout d'une trajectoire si étonnante (faut le reconnaître), une telle capacité d'anticipation… Monsieur Experi sait-il… enfin, peut-il… M. Experi comprend-il ?

…………

— La session se passe bien aujourd'hui, Nerio, tu ne trouves pas ? Le sujet est calme ; les indicateurs positifs ; l'ambiance favorable.

— Tu as raison. Sur les écrans le temps est clair et dégagé… les couleurs harmonieuses… la lumière de son paysage est limpide… Ce sera une belle journée.

— Ça nous changera de ses pitreries habituelles : dérives, sorties de route, mauvais goûts et autres dévissages vers le glauque.

— Oui, ça va nous reposer. Et nous permettre de mieux nous concentrer sur l'essentiel.

…………

— Je dirais oui.

— Comment ?

— Oui et non, Nerio. Je réponds à ta question avant le passage de Sanjira. Adrian comprend et ne comprend pas. Je suis loin d'être aussi informé que tu le dis, mais j'imagine que dans le processus qu'il a lui-même initié il y a longtemps… tôt ou tard… à un moment ou un autre… Monsieur Experi a dû comprendre qu'il ne comprendrait plus.

— Que l'affaire lui échapperait, tu veux dire… qu'il ne serait plus le Maître de ses recherches mais en deviendrait son principal objet ?

— Une chose comme ça.

— Je vois. (Silence) Et cette perte de contrôle, Larry, cette lente dépossession… tu crois qu'il l'avait acceptée ?

— À ton avis ?

L.A. 53

C'est la dernière fois que je devais la revoir.

Si je veux être juste, je dirais que cette nuit fut la première et la dernière où je l'ai rencontrée. À une ironique exception près. La suite, je n'ai pu que l'imaginer : la course d'Ava vers les trois salons du vestiaire, sa main qui se referme à l'aveugle sur sa capeline, ses pas de voleuse au petit matin dans les allées du jardin vers sa berline, le lent, trop lent retour par les routes au-dessus de la ville où elle devrait quoi qu'il en soit travailler tôt, ce jour-là, et les jours suivants désormais se chercher un abri. Après, bien sûr, après avoir trop joué à être celle qu'elle est vraiment dans sa luxueuse maison de poupée, il lui faudrait trouver une autre ville, une autre mer, beaucoup d'hommes sur d'autres plages où enfouir la méprise entière qu'était devenue sa vie.

À peine les écrans éteints je ne peux m'empêcher d'éprouver un curieux sentiment... d'abandon. C'est absurde. Et sans doute excessif. Mais quand l'écran se vide je ressens cette sorte de désarroi que j'ai connu autrefois après la disparition de celle qui emplissait ma vie. C'est tellement bête que très vite je me reprends. Retrouve mes esprits. Pensant à une chose ou l'autre, tiens par exemple (les sujets préoccupants ne manquent pas) que l'on me reproche de médire sur les récentes conceptions du langage... C'est vrai. Mais pour une fois je dois admettre quelques progrès. Personne en effet ne peut plus contester le bénéfice qu'a pu représenter pour la civilisation l'avalanche d'objets connectés sensibles apaisants soigneurs – d'objets en un mot : intelligents. L'intelligence massive infusée à la moindre matière de notre vie quotidienne ne pouvait tôt ou tard que rencontrer cet objet magique entre tous : le livre.

Non, bien sûr, aucune surprise. À bien lire l'infiltration de l'intelligence artificielle dans nos sociétés, l'aubaine du livre intelligent était inévitable.

C'est ainsi que dans toutes les langues un lectorat régénéré put accéder à des ouvrages – les romans bien sûr mais très vite toute sorte de documents – enrichis de liens offrant au lecteur de *voir* certaines scènes de leur récit. On imagine sans peine les avancées prodigieuses que cette technologie allait ouvrir dans nombre de secteurs lucratifs. Mais pour s'en tenir aux domaines, hélas de moins en moins fréquentés du roman, de la poésie, et jusqu'à la philosophie « en personne », c'est la littérature entière qui allait enfin sortir de l'Âge de pierre.

C'est ce qu'elle fit. Comment le lui reprocher ? Cependant ce progrès ne connut de fortes améliorations que lorsque l'usager put enfin visualiser des chapitres complets de son aventure. Non seulement ne plus essayer de se représenter lui-même l'intrigue au moyen d'un imaginaire plus ou moins défaillant – *il suffit pour le vérifier de te remémorer tes pauvres tentatives* –, mais pouvoir zoomer à la demande sur un détail des paysages ou mieux sur un personnage ainsi que certains aperçus de son intimité (demandes favorites du consommateur). Légitimement, les nouveaux amateurs de littérature se montrèrent friands de *plongées* sur le salon le garage les toilettes mais aussi (ne soyons pas mesquins agrandissons la focale) la vallée la ville le désert où sinue le Canyon au-dessus duquel tournoie (palpitante et panoramique) l'action !

Voir tout voir et être vu. Telle sera désormais l'aspiration qui submergera le globe comme une vague géante à la vitesse de la lumière. Tsunami spéculaire.

Autant de progrès qui permirent aux promoteurs du livre d'affirmer que lorsque le lecteur serait en capacité de visualiser un texte entier le temps sera venu où l'image aura définitivement *avalé* la littérature !

Car après une phase de visualisation – *tu me vois venir* –, ce fut l'interactivité qui devint la priorité d'un lectorat – ça me fait mal de le dire mais il faut le reconnaître –, en pleine expansion. *Voir,* c'est bien, mais pouvoir *interagir* avec les protagonistes, dialoguer et parfois sembler intervenir sur l'action en cours : c'est mieux. Forcément mieux. Bientôt les lecteurs ne purent plus concevoir leur lecture... ou leur vision... projection... injection... comment dire... immersion ? Disons, tel un sport, leur *pratique.* Bientôt les lecteurs ne purent concevoir leur pratique sans échanger un minimum avec leur héros favori. D'ailleurs, à cette époque-là, qu'il s'agisse de politique sport média ou réseaux sociaux : un seul désir traversait comme un frisson l'échine du corps social : l'interaction directe. La réciprocité immédiate.

Jamais atteinte. Bien entendu. Jamais pleinement effective, cette réciprocité, pour le citoyen ou le consommateur jamais assez profonde... mais tout de même assez pour sembler irréversible. Frappée de l'apparence de l'inéluctable. Fatale, quoi. Car là est le point sensible. Le sel des choses. Le nerf de la guerre – *O.K. mes locutions sont pas pile-poil mais t'as compris l'image et commence pas à reprendre tout ce que je dis.* – Toujours est-il que s'est vite répandu chez les lecteurs un besoin d'interaction minimale avec l'histoire adoptée. Interactivité qui, tôt ou tard, devait conduire à se poser la question de la véritable *nature* des personnages évoluant dans ce type de fiction ?

Il peut sembler étrange, aujourd'hui, du moins exotique, de s'attarder sur cette énigme – comme nos ancêtres sur *le sexe des anges* –, mais il a bien fallu accepter que certains lecteurs se demandent à qui ils avaient affaire quand ils lisaient ? Question pleine de douceur et de charmes anciens, d'odeurs de camomille et mauve tendresse quand on pense au panel d'identités dont on dispose désormais, que ce soit pour le travail les jeux sexuels ou la guerre cette large gamme d'identités plus ou moins hybrides… mi-autonomes mi-inconscientes… pleinement irresponsables… Sidérées ? Bref, ce riche nuancier de *personnes* qui rendent à présent caduque la question de leur nature ou réalité.

Je me souviens. Je ne me souviens plus… me souviens plus… merde ! je ne me souviens plus. Je ne me souviens plus mais alors plus du tout si c'est à cette époque que les liens traditionnels entre production et édition achevèrent leur symbiose. Pas grave. C'est après cette absorption je crois que sur La Toile se propagea l'idée que chacun devait avoir le droit, quand il lit un livre, autant de *voir* que d'être *vu*, autant de *voir* ses personnages… que d'être *vu* par eux ! (De là à parler ensuite d'un mouvement civique pour les droits des personnages d'évidence on y allait direct.) Mais attention : être vu des personnages uniquement quand le lecteur le souhaite, ça va de soi. Selon un menu ou contrat clair et sans failles.

Non, j'insiste, vaut mieux. Sinon certains fâcheux pourraient encore s'imaginer je ne sais quelle dictature de la transparence… et patati et patata… et autres vieilles burnes… Lunes lunes et autres vieilles *Lunes* Oh ! là ! là ! pardon !… vraiment… Désolé.

Bref, on s'est compris. On n'est jamais assez prudent. Sortir la littérature de l'Âge de pierre, tel était l'objectif, nous en avions parlé. Nous y sommes.

Ce que j'ai su d'Ava par la suite ne m'est venu que de loin en loin, de manière sourde (comme à travers un filtre), même si en 1953 sa gloire n'en était qu'à ses débuts et devait rayonner avant de soudain s'affaiblir et s'égarer dans les sables des mauvais choix, volte-face et autres changements d'adresse. Nous étions jeunes, il faut le dire, à l'époque arrogante du L. H. B., nous étions sans recul et je n'ai pas compris sur le coup l'importance de cette nuit. Détruit, tout un hiver, oui, par sa disparition je l'ai été. Humilié, c'est vrai. Mais aussi vite repris par mes projets et surtout (bien plus que je ne l'imaginais) leurs intraitables ambitions…

Mes épaules font la fierté de tous. Mes épaules font l'unanimité. Aucune tension ni chamaillerie entre les membres de l'équipe sur cette partie de mon corps. Le dos large, massif, s'impose sans effrayer et mon torse bien développé présente une toison châtain qui s'amincit vers le bas du ventre. Jusqu'au sexe. Des heures, des jours je n'ose dire des années ont veillé à l'implantation de chaque poil comme au grain ni trop gros ni trop fin d'une peau virile mais sans risquer toutefois d'évoquer l'animal qui dort encore qui dort toujours et toujours il dort en nous.

Ma tête s'incline, à peine, tandis que je t'observe et je sens… va savoir pourquoi… que ton regard a changé. Sur moi. Il vient de changer. Voilà comment nous sommes nous autres humains : un rien nous change. C'est fou, aux yeux des autres un rien nous modifie. Nous habille ou nous dénonce. Un presque un rien nous sauve ou nous renie. Baisse les yeux. Lève-les. Cache ton visage. Regarde-moi : je suis toujours le même. Rien de sérieux ni de constant ne m'a bougé. Le même. Je t'assure. Toujours aussi largué. Homme de peu de choses, écoute-moi…

petit être de papier qui feuillette ta vie en rigolant parfois, en rigolant d'effroi… petit être qui se froisse au moindre vent… Un rien te change entièrement.

Visiteurs, à qui se fier ?

Sur ma bouche aux dents claires s'ébauche un sourire d'une tendresse qui ne peut s'exprimer, dans mes yeux glisse une pensée disons, inhabituelle, que tu ne peux suspendre et qui cherche à dire ce que mes mots ne savent pas offrir. Pensée traversant la grille de tous les langages qui depuis longtemps m'ont annoncé. Dans mon dédale deux jambes formidables soulèvent un corps me conduisant partout où tu ne saurais aller. Sous mon souffle bougent des doigts robustes, bien que le soir diaphanes, ou le matin à peine. C'est vrai, dans le demi-jour où j'attends je ne t'ai pas menti : au fond de mes yeux guette une confiance… je cherche mes mots, mon ami, je ne voudrais pas risquer… maladroitement de… t'alarmer… une confiance, vraiment, elle n'est pas simple à dire cette confiance…

Dont tu ne peux avoir aucune idée.

Pour autant le projet de film qui nous avait unis et aussitôt séparés, Ava et moi, ne devait pas rester inactif. Il ne fut jamais tourné. Pas vraiment. Et pourtant la force de son impact sur celle qui, l'été, se faisait appeler Mounee Moon, ses traces sur ma vie comme sur celles d'autres membres du projet *Adrian et les Visiteurs* restent à ce jour mal évaluées… À peine quelques échos, au début, quelques influences qui au fil des ans devaient devenir de moins en moins escamotables sur nombre de réalisateurs, acteurs et autres professionnels de la profession (du ténébreux chef-op au blond acteur illuminé), comme l'infiltration de films enfouis dans le futur, tu le sais, mon ami, autant qu'infiniment présents dans nos mémoires.

Aussi étonnant que cela paraisse, après une période d'adaptation et de réticences, la majorité des lecteurs visualisant un nouveau récit aimera autant *Voir* qu'être *Vus*. – *Pas tous, c'est vrai, tu as raison.* – Mais beaucoup quand même. C'est ainsi que ce matin je peux en distinguer trois qui me considèrent de leur grosse tête suspendue dans le vide, qui en demi-cercle me regardent placidement parler d'eux. Ne crois pas : ce n'est pas si gênant. D'ailleurs ces Visiteurs ont presque tous la même expression. C'est frappant. Dans l'obscurité loin d'une fresque de regards bleus distraits noirs séduits atterrés ou méfiants, loin d'une Salle des portraits à la Laura Bloom offrant un éventail mouvant de figures, beaucoup affichent ici les mêmes traits, calmes, le même front détendu, ce même regard écarquillé sur la petite « attraction » de ma personne. Voire, ça me gêne de le dire, quel que soit leur âge couleur ou religion, voire, mais c'est vrai, exposent cette même expression mi-hébétée mi-hypnotique que l'on lit sur les visages glissant dans les allées des aquariums.

On ne sait pas, après tout. On n'en connaît pas la raison. Reconnaissons nos limites et notre complète incompréhension d'une telle uniformité expressive. Après tout on ne sait pas ce qu'ils mangent ces Visiteurs-là, ce qu'ils fument ou consomment. Ça ne nous regarde pas. Mais force est de constater que leurs rares (quoiqu'un peu longues) apparitions dans l'ombre ne favorisent pas une grande animation de mes journées.

My face for the world to see

Ces visages suspendus me font penser au titre d'un roman écrit il y a longtemps par un collègue (qui travailla d'abord en Italie puis à Hollywood comme scénariste et surtout écrivain), titre que l'on pourrait se risquer à traduire songeant au thème aujourd'hui devenu éternel de la jeune actrice montée à L. A. pour devenir *star*, pour, enfin, sans autres bagages ni vocations roulant la nuit ou le matin sur les méandres du *Strip* espérer découvrir enfin

Son visage offert au monde sur les murs de la Ville.

À peine quelques années plus tard (une paille à l'échelle du changement de civilisation que nous avons vécu) ce sera fait. Ce rêve unique d'être vu par tous sera mis à la portée de chacun. Un rien plus hâves, peut-être, plus menaçants ces visages et encore, pas sûr, le même rêve je vous dis la même fascination toujours davantage réalisée, la même depuis le fond des âges et leurs écrans de pierre déployés au fond des grottes.

Alfred Hayes, ça me revient, c'était son nom ! Le nom du romancier scénariste et irremplaçable compagnon.

Cette époque est loin. Et le contraste abrupt avec ma situation aujourd'hui au bas d'un bâtiment surmontant le local où je me tiens – depuis un certain temps déjà – où je fais l'expérience du simple état de vivre – où je me prolonge – où je ris parle et pleure aussi quelque fois, c'est vrai, où je danse, me divertis et travaille la plupart du temps – où tu me trouveras – où s'étend mon domaine et ses dépendances – où je sue mange et chie au centimètre près. Ma maison. L'unique maison d'Adi. D'où, tu le sais maintenant, dans un élan spontané… quelque fois… je t'appelle.

Un Puits. Ils n'ont pas tort les deux ingénieurs qui me lorgnent sur leurs écrans. C'est pas faux. On pourrait dire ça. Je vis au fond d'un puits de verre et de métal mais là aussi en quelque sorte inversé car empli d'escaliers et studios cernés d'une boucle d'eau. Un bâtiment glissé à l'intérieur d'un anneau liquide. D'où, pour ses habitants, flottant un peu partout cette incomparable lumière. (En y réfléchissant on pourrait évoquer l'image écologique d'un lagon mais je crains qu'on soit plus proches du vieux réacteur nucléaire.) Le tout indétectable à la surface semi-aride qui s'étend au-dessus. L'architecte se serait inspiré du fameux labyrinthe établi jadis en Crête.

Comment je le sais ?

Comment je peux avancer tant de détails ?

Mais je ne le sais pas. Pas réellement. Je ne suis pas censé les connaître. Mieux : disons que je ne les connais pas ; je les ignore de bout en bout. Voilà. Je ne t'ai rien dit. Où que tu sois sur terre quoi que tu fabriques – cette idée d'ailleurs de t'imaginer rose et flasque roulant à la surface m'amuse beaucoup – tu fais comme si je ne t'avais rien dit, comme si tu n'avais rien lu – ou Vu – Senti – Entendu… [Bug.] Et merde ! [Re-Bug.] Cette saloperie de système plante encore. Respirons. Il est vain de s'insulter soi-même. Respirons. De toute façon… se perpétuer sous une forme ou une autre… là où ailleurs… qu'est-ce que ça change ?

Quoique non.

Non tu as raison.

Quand même le lieu… l'espace… le corps ou le support… ce n'est pas rien. Pour vivre et penser ce n'est pas rien… c'est vrai… En tout cas pas indifférent. Ce pourrait même être important. Allons bon – voilà qu'on se retrouve à notre point de départ tout en bas de la tour négative, là, sous la pointe du gratte-ciel retourné, et, soudain : on rigole moins. Soudain on se sent un peu à l'étroit ; moite ; odorant ; oppressé par le manque d'air ou de lumière ; il n'y fait pas chaud ; ou alors trop ; on y a de moins en moins de repères et on prie on rêve on invente ou supplie réellement on en vient à supplier et appeler tout haut IL Y A QUELQ'UN ? OÙ ES-TU ? QUI ÊTES-VOUS ? puis soudain on se tait. On reste silencieux. Et on espère on imagine très fort que tout ça comme il est naturel de le croire… l'ensemble de ce chaos organisé appelé Recherche… l'organisation réfléchie de ce grand bazar… surtout… ce ne soit pas vrai.

Juste un mirage. Un vrai.

Mais qui oserait le dire aujourd'hui ?

Qui oserait prétendre que je ne suis pas un antimirage… comme Ava naguère dans le dédale de sa maison de poupée… quel visiteur oserait affirmer que je ne suis qu'un mirage ?

Qui pourrait affirmer aujourd'hui que je ne suis pas, tendrement et inévitablement, réel ?

Qui ?

Après des années sans trop penser à elle, je l'ai revue une fois au milieu des années soixante, à Paris, au sortir du *Raphaël* vers six heures du matin je crois. Par hasard. Nous étions en automne et je venais moi-même de m'engager vers d'autres affaires dans un autre milieu. Ava s'apprêtait à monter dans sa limousine, le col noir de son manteau levé sur un profil (malgré le temps et les nuits blanches) d'oiseau de proie, rapide, seule (ou accompagnée ce point m'est resté flou d'un curieux bout de femme blonde écrivain zozotante déguisée en Chanel lançant de brefs regards obliques sous une large frange protectrice), quand, levant son visage, une main sur la portière, surprise à mon approche, le regard plein d'attente elle laissa échapper :

« Adrian ?... »

Avant de se reprendre comme une méprise et s'engouffrer dans sa voiture qui s'évanouit aussitôt dans l'avenue. C'était bien elle. J'ai pu m'en assurer le lendemain en apprenant qu'elle se trouvait à Paris pour le tournage d'un film : *Mayerling.* Et je crois que c'est après cette rencontre manquée sur l'avenue, ce vrai nom d'Adrian jeté à mon intention comme une erreur que j'ai commencé mois après mois, les années sombres succédant aux jours heureux, commencé sans bien savoir pourquoi à ne plus l'oublier.

De plus en plus souvent, c'est curieux mais vrai, je repense à cette erreur que nous avons commise, cette bourde… je ne sais comment appeler cette sorte… de… lapsus phylogénétique ? Bref cette « distraction » qui nous a conduits à nous tromper sur le véritable danger qui nous guettait. Elle fait sourire maintenant mais c'est un peu facile et devrait nous inciter à davantage de pudeur sinon, soyons réalistes, d'humilité. Car ils ne sont pas si anciens, non, ils ne sont pas si reculés les temps dits innocents d'avant la bourde fabuleuse.

Mais captivés nous l'étions tous. Au seuil d'un nouveau siècle que les plus optimistes appelaient « millénaire ». Reconnaissons-le. Et moi qui évoluais depuis longtemps dans un monde hybride d'industriels, idéologues, politiques ou scientifiques unis par un sens du progrès génocidaire : je l'étais aussi. Nous étions tous fascinés. Aspirés. Je pense souvent à nous comme à ces peuples en rase campagne devant bientôt affronter un danger aussi redoutable qu'invisible, scrutant sans fin l'horizon dans un mélange de répulsions et d'appels, guettant à l'aube les premiers signes du déferlement des Intelligences Artificielles, ces barbares, devenus on le dit plus véloces que les humains, race pourtant ancienne, les humains, fixant toujours l'horizon sans voir se profiler *de l'autre côté* sans voir sur l'autre versant approcher la menace plus mortelle (car plus proche et plus concrète) de leur propre désir de se transformer eux-mêmes en machine !

Émouvante espèce, les humains. Qui, de leurs experts les plus sages à leurs ados les plus entreprenants, se sont préparés à la supplantation de l'homme par des machines exotiques, de troublantes altérités synthétiques – alors qu'elle avait commencé d'elle-même à se rectifier, l'émouvante espèce, à remplacer une à une ses fonctions par une maille de plus en plus fine de circuits ou prothèses, alors qu'elle avait déjà amorcé sa propre conversion en objet. Donc en produit. Et comment vouloir stopper cette mutation quand la pensée de l'homme n'est plus comprise que par ses combinaisons électrochimiques ? S'y opposer, comment ? au nom de quoi ? de quel improbable *qui* ?

Si tu n'es plus à tes yeux qu'un volumineux mécanisme pourquoi t'empêcher mécaniquement de t'améliorer ?

Quitte à te simplifier. De t'augmenter / Quitte à te réduire ? Ainsi avant que les derniers Systèmes d'Apprentissages Autonomes ne nous aient périmés, avant qu'ils ne soient devenus *comme* des humains – sournois lumineux et indiscernables –, sous forme d'Androïdes ou de Poupées-Réelles depuis longtemps annoncés dans les films –, il y aura des lustres que l'Émouvante espèce aura été corrigée puis (issue stellaire) reprogrammée.

Longtemps qu'elle aura été redessinée à l'image de sa dernière idole et de son seul avenir : le Mécano.

La machine. Rien que la machine. Puisque l'esprit matière et le corps digital sont apparus aux hommes comme le plus court trajet pour abolir la mort.

Il n'y a pas si loin, dans un air et un décor pas si différent du nôtre, un individu un peu bizarre mais curieusement avisé s'était demandé – il est vrai par l'intermédiaire d'une technologie à base d'encre couchée sur du papier : *Les androïdes rêvent-ils de moutons électriques ?* Quelques avancées scientifiques plus tard nous pouvons à notre tour nous demander : À quoi pouvaient rêver les humains autrefois ? Et répondre sans le moindre doute : *devenir des Poupées-Réelles.*

Le rire noir que suscite *ces deux rêves croisés* me rappelle les aventures d'un chercheur japonais – ou chinois ? – dont par pudeur je ne citerai pas le nom, qui avait frappé son époque en fabriquant un androïde saisissant de similitude avec… lui-même. Telle en effet cet ingénieur avait souhaité sa création : à sa stricte ressemblance. Son double cybernétique. Fidèle à une pensée présentée comme « shintoïste », arguant que chaque objet a une âme et qu'un robot devait *a fortiori* être abordé comme une personne, notre scientifique avait imprimé à sa machine le moindre de ses traits, cheveux (ses propres cheveux), jusqu'à la texture de la peau et aux mouvements des yeux quand ils suivent un interlocuteur. Parfois sa réplique (dont j'ai perdu aujourd'hui le nom) le représentait dans des conférences à l'étranger, devant un parterre d'auditeurs biologiques et médusés.

Mais l'aventure de notre héros (à mi-chemin entre Frankenstein et Dorian Gray) n'atteignit au comique universel que lorsqu'il s'aperçut qu'avec le temps, à l'inverse de sa créature, il vieillissait. Donc changeait. Ce qui ne pouvait que le pousser à dévier... de son miroir. Différences intolérables. C'est en ce point précis de sa vie qu'un basculement eut lieu le conduisant (en plus de s'habiller ou de se mouvoir à l'identique de sa machine, comme il le faisait déjà) à opérer sur lui-même de micro-retouches, là un sourcil, une ride, une dent, plus tard le menton pour rester à jamais conforme à son reflet technologique.

Si les plus jeunes – qui je sais me suivent en grand nombre – ne peuvent s'en souvenir, chacun peut imaginer la suite de cette expérience : les étapes bien réelles d'un conte semblable aux mythes les plus cruels.

Par coïncidences, à l'autre bout du monde, l'un de ses collègues brésiliens – lui aussi spécialiste en intelligence artificielle – explorait au même moment les phénomènes *d'identifications croisées* ou de *causalités en boucles.* (À moins qu'il s'agisse des travaux d'un philosophe français du siècle précédent... je ne suis pas très sûr... j'avoue... de tous mes souvenirs... peu importe.) Peu importe l'origine précise de la loi qui de tout temps gouverne les humains, en science, guerre, cinéma, mécanique ou religion : l'homme finit par devenir ce en quoi il croit.

Parfois à mi-voix (moi-même étonné par le vertige involontaire de cette réflexion) je me dis très vite (comme si on pouvait m'entendre) qu'une des tragédies les plus sûres de notre monde tient à son impatience d'avoir voulu plaquer le modèle de l'intelligence artificielle sur sa compréhension de l'esprit humain... d'avoir voulu industriellement amplifier son intelligence... avant même d'avoir su en quoi consistait au juste l'intelligence... avant même que l'homme ait pu envisager les ressources naturelles de sa propre intelligence.

Ne rêve pas : nous ne le saurons plus. Plus jamais.

Après l'ampleur des interventions entreprises et leur succès dans les couches les plus diverses de la population : de quoi pouvait être capable l'intelligence native des hommes nous ne le saurons plus. Jamais plus.

C'est au cours des décennies suivantes que le scénario *Adrian et les Visiteurs* agira sur les cinéastes comme une sorte de scénario-fantôme. Il serait fastidieux à partir des années 60 et 70 de lister les films de science-fiction, grands publics, d'auteurs voire expérimentaux qui se nourrirent à cette source : tant ses éclats irriguent des œuvres diverses et parfois devenues cultes.

Un peu plus tôt, en 1959 (pour n'évoquer qu'une poignée d'images), à la surprise complète de ses admirateurs Ava tournait un film d'anticipation : *Le dernier rivage*. Pourtant, après la plus belle et la première, il était logique qu'elle y incarne la dernière femme de l'humanité – un peu perdue, faut bien le dire, dans l'histoire du premier film américain sur l'apocalypse nucléaire.

Plus précis, obstiné, peut-être inébranlable, Fritz Lang en 1956 avait offert au public son plus magistral anti-mirage (ce simulacre sournois qui voit le vrai se présenter comme un mensonge) avec *L'Invraisemblable vérité*. Thriller glacial montrant un journaliste ennemi de la peine de mort accumuler contre lui les fausses preuves d'un meurtre... dont il se révélera le véritable auteur. Dana Andrew, précisément, l'un des acteurs préférés de Lang à cette époque, interprète le rôle de manière très convaincante.

Un an plus tard, une nouvelle fois, le maître allemand, avec ce qui se révélera son dernier film, *Les Mille Yeux du Dr Mabuse,* traitera on peut dire *in extremis* les sujets qui lui étaient chers depuis nos échanges dans les jardins de Beverly Hills : le Mal, bien sûr, et le crime, mais dans leurs liens nouveaux avec la politique, le nucléaire, le journalisme, avec surtout cette jeune technologie appelée télévision et dans nos vies l'entrée des caméras, écrans et autres vidéo-surveillances. *Les Mille Yeux du docteur Mabuse,* afin que, par le biais « d'un simple film de divertissement », selon ses propres mots, Mr. Lang amorce dans l'Allemagne de 1960 une critique de la société de l'image, annonce les dangers d'une nouvelle dictature par l'image.

À peine quelques échos, je te le disais, à peine des influences mais qui au fil des ans gagneront en vigueur et deviendront de moins en moins dissimulables.

Plus tard, alors que je travaillais déjà dans un tout autre milieu – après avoir fuit délibérément le monde frustrant de la fiction pour des recherches plus « appliquées » –, je me souviens d'avoir entendu à la radio les propos d'un cinéaste parmi les plus inventifs de sa génération (Terry Guilliams pour ne pas le nommer), citant l'un de ses aînés français. Au cours de cet interview, Terry laissa échapper que Chris Marker lui aurait confié (mais comme une boutade, au téléphone, et d'ailleurs tard dans la nuit) que le script *Adrian et les Visiteurs* avait fini par prendre l'apparence d'une malédiction, piégeant les rêves d'un nombre renouvelé d'artistes, les visitant en quelque sorte jusqu'au vertige, voire les désorganisant jusqu'au naufrage. Le projet *Adrian,* jamais concrétisé, aurait ainsi trouvé une issue en écumant les cinéastes les plus... disons... « éloignés de la côte »... les traquant dans l'espoir que l'un d'entre eux, enfin, le réalise.

Très vite, le réalisateur anglais avait précisé ne pas faire lui-même partie, « *God bless America !* », de cette « famille de grands nerveux » auxquels se référaient sans doute Chris Marker. Et il avait noyé son souvenir sous d'autres anecdotes, concernant par exemple les interminables péripéties de son actuel tournage en Europe : *Don Quichotte.*

Tout le monde dans le studio d'enregistrement, et ailleurs, tout le monde moi compris a bien ri.

Mais le plus fou, bien sûr... le plus sorcier et envoûtant des antimirages que l'on ait jamais vus sur un écran, c'est le scénariste pressenti pour *Adrian,* Alec Coppel, qui y participa en 1958 avec *Vertigo...* par l'intercession de la chair céleste de Kim Novak, jouant, dans cette hypnose signée Hitchcock, jouant le double rôle de Madeleine /

Judy : soit la blonde copie d'une épouse qu'un mari veut éliminer, puis, redevenue rousse, amoureuse, piégée par sa propre imposture, très amoureuse de l'autre victime de la machination interprétée par James Stewart… sera contrainte de rejouer pour lui jusqu'au bout… jusqu'au saut final dans le vide… l'imposture magnifique qu'elle avait trop bien incarnée.

Peu à peu devenir la réalité en quoi tu crois. Tu visualises ? Sous la multiplication des échanges qui s'épanouissent dans le monde merveilleux du digital se perçoit, à peine sous-jacent, le ronflement d'une formidable force d'homogénéisation. Tu l'entends ? Comme si la connexion permanente ne pouvait mener qu'à une standardisation optimale. Celle précisément des états de fabrication de la machine.

Ah, mon parfait… mon doux… mon compatible et fonctionnel ami… nous ne célébrerons jamais assez l'ironie de l'individualisme au temps du numérique… qui nous incite comme jamais à se croire singulier en ressemblant le plus possible aux autres… qui nous encourage à nous sentir unique en nous rapprochant le plus possible du Même.

Aucune raison de geindre, cependant, de se plaindre ou s'appesantir. Pas mon genre. Et tiens (tandis que disant cela je me vautre dans la complaisance), je me demandais si quoi que ce soit dans la nature n'a jamais été engendré pour vivre coupé de son milieu. Si rien n'a été produit pour se prolonger sans les autres ? Je dis ça je dis rien. Car pour beaucoup aujourd'hui la nature est en vérité devenue l'ennemie. N'en doute pas. Et chaque jour les fabuleux progrès de l'uniformisation technologique soutiennent l'humain dans son ambition séparatiste... l'homme opéré vivant de son milieu naturel... comme un songe d'autosuffisance dans l'univers... un rêve pur d'apesanteur parmi la gravité...

Tu t'en souviens ?

À présent faisons silence. Baissons les yeux, les stores, baissons la tête et penchons-nous au-dessus du microscope pour observer ce qui se passe quand l'homme devient son seul repère et seul horizon. S'élève-t-il ? Regarde et dis-moi ce que tu vois. Grandit-il ?... Observe-mieux et apprends-moi s'il embellit... s'améliore... que vois-tu : un homme libéré des maîtres ? affranchi de la finitude et des causes humiliantes qui l'ont suscité ? immunisé contre les mages en blouse blanche et autres fabricants d'illusions ? Vraiment ? Une espèce enfin rationnelle gérant objectivement son univers... tu la vois s'épanouir sous la lentille de ton microscope... cette nouvelle espèce... Non ?

Non tu ne la vois pas. Tu ne la distingues pas car l'humain n'a jamais pu vivre sans plus grand que lui. Toujours il eut besoin de lever les yeux vers une lueur. C'est simple, il ne sait pas vivre en ne faisant que s'ajuster à ce qu'il est. Vivre sans se dépasser, il sait pas. Aussi, tu peux à nouveau te pencher sur ton appareil, « régler la mollette », observer avec toute l'acuité dont tu es capable et me décrire, si tu veux bien, ce que tu vois au milieu de son halo de lumière décolorée : pas un être souverain, en tout cas, pas un homme libéré de ses entraves. Juste un homme agenouillé devant sa première et dernière idole : la machine.

Oui, c'est un peu étrange et mortifiant à dire, c'est vrai... mais l'homme n'évolue pas sans relations à plus grand que lui. Accepterait-il même de vivre sans cela ? À chacune de ses époques il a vécu relié à un plus grand. Quel que soit le nom et les visages qu'on lui donne. Et s'il est vrai qu'à l'origine humanisation et transcendance sont indissociables : il se pourrait que le matérialisme radical ne soit qu'une autre forme de transcendance. Et pas la moins redoutable.

Chanson ancienne

À l'aube du premier jour il y eut les enfants naturels du Ciel et de la Terre.

Comme une traînée de poudre se répandirent ensuite les enfants terrifiés des innombrables dieux.

Vinrent sur terre et par mers, traîtres comme un vent frais, les enfants conquérants de l'Unique.

Demain viendra enfin libérateurs les enfants de la disparition de Dieu.

Avant la venue des fils tout-puissants de la Disparition.

Æ

Centre de recherche

Désert des Mojaves au sud du Nevada

— N'importe quoi !... Non alors là c'est trop.

— Oui... ça devient embarrassant.

— Tu veux dire qu'on le perd complètement, là.

— J'avoue, Larry... que même moi... qui l'aime bien pourtant... Je ne m'y retrouve plus.

— Il y a une drôle d'ambiance ces derniers jours, dans les couloirs, tu ne trouves pas ?

— Tu m'étonnes.

— Hum... c'est embarrassant.

— Tu l'as déjà dit, Nerio.

— Non cette fois je parlais de mon siège, il a tendance à se coincer quand je

— Qu'est-ce que tu en penses, toi ?

— C'est vrai que depuis la dernière réunion on n'a guère eu l'occasion d'en parler. Et toi ? t'en penses quoi ?... Tu crois qu'*ils* savent ?

— Franchement ? Pas du tout. Je crois qu'ils ne le voient pas venir.

— Oh ! faut quand même pas exagérer… Même après le couplet d'Adrian sur les livres participatifs ?… Le besoin impérieux du lecteur d'interagir avec les héros de son roman ?

— Pas sûr.

— Le pire c'est que tu as sans doute raison.

— Le pire c'est que les plus malins – il y en a toujours – pensent commencer à flairer… humer… Mais ils ne voient rien.

— Ça, ça tu vois… c'est le *vrai* pire.

— Eh, laisse-moi te regarder : c'est quoi cet œil oblique ? Nerio : tu ne vas pas recommencer à t'apitoyer ? Après tes épanchements empathiques pour monsieur Expéri, tu ne vas pas commencer à te pencher sur *eux*…

— Tu as raison.

— Larry, je voulais te demander, au cours de vos touchantes apartés avec Sanjira, tu en aurais appris plus… un peu plus…

— Sur ?

— Les motifs.

— Quels motifs ?

— Ne te fais pas plus benêt que tu n'es : les motifs de l'élimination d'Adrian.

— Tu veux vraiment en parler ?… « La nature ennemie » ? « Le dieu Mécano » ? « Le matérialisme radical » ?…

— … Évidemment…

— Pour ne rien dire des « enfants tout-puissants de la Disparition » ?

— Évidemment, dit ainsi…

— Tu en veux d'autres ?

— Non, bien sûr. Mais sérieusement, Larry, tu aurais une idée, toi, sur les véritables motifs de son *retrait* ?

— Sérieusement non. Des idées, plein.

Dans mes yeux passe un sourire qui ne peut se traduire, dans mon regard qui t'observe avec attention s'attarde un sentiment… que tu ne peux suspendre et qui cherche à exprimer ce que mes mots ne savent plus te dire, émotion traversant la grille de tous les langages qui, depuis longtemps, m'ont annoncé. Sous mon souffle bougent des doigts solides, quoique vers le matin, diaphanes, à peine. Tu vois je n'ai pas menti, exagéré ni déformé les faits. Où je me trouve tu es aussi, là où je vis tu es venu. En bas, tout en bas du gratte-ciel retourné, au fond de ma maison. La maison d'Adi.

Visiteur, à qui se fier ?

Après tous ces moments vécus ensemble, ces mots ou regards échangés, nos regards détournés parfois, ces gestes involontaires et inutiles, gestes semi-réflexes dépourvus de finalités, nos blagues et nos regrets aussi, nos silences énigmatiques, après ces bouts de vie traversés ensemble je ne dirai qu'une chose au risque de te surprendre : je ne doute pas. De toi je ne doute pas. Même si c'est un rien perturbant, je le reconnais, voire déréalisant de te regarder maintenant face à face, ton gros visage suspendu dans l'ombre au-dessus de moi, et de pouvoir te dire au même instant que, c'est curieux mais oui, j'ai toujours eu confiance. Toujours su qu'au moment dit tu ne me décevrais pas. Ce n'est pas une chose que l'on puisse justifier, n'est-ce pas ? ou même expliquer, on la sait. C'est tout.

Æ

Centre de recherche

Désert des Mojaves au sud du Nevada

— Et ces nombreuses idées sur les motifs… tu accepterais de m'en dire plus ?

— Je… ne sais pas trop.

— Tu ne *veux* pas, Larry, ou tu ne *peux* pas ?

— Tu sais, Nerio, dans ce type de situation les motifs sont toujours un peu les mêmes.

— Je sens que je devrais comprendre *exactement* ce que tu dis et pourtant je ne te suis pas du tout. C'est terrible. Ces motifs me restent complètement opaques !

— C'est ce qui nous arrive quand on ne veut pas vraiment savoir. Ne te fais pas de bile… sois calme… tout va bien se passer… ne t'inquiète pas. Je parlais des raisons qui nous conduisent parfois – notamment dans la recherche et l'innovation – à retirer un prototype pour les raisons mêmes qui nous ont incité à le développer. Les avantages irrésistibles d'hier devenant la terreur insurmontable de demain.

— Je vois.

— Maintenant je suis sûr que tu vois. Les responsables de Sanji (quoi qu'elle affirme, je ne suis pas certain qu'elle ait eu son mot à dire) auraient détecté un risque trop élevé avec la prochaine étape : l'immersion d'Adrian en milieu ouvert.

— Il était temps de s'en apercevoir.

— Oui, Nerio, c'est le problème aujourd'hui avec les organismes indestructibles. Ils se seraient aperçus… qu'au vu des caractères terriblement *robustes* du sujet… le danger d'une altération irréversible de l'environnement serait trop élevé.

— Quel type… d'altération ?

— La pire de toute. Mentale. Ou intellectuelle si tu préfères. Comme une déviance qui rendrait le sujet gravement imprévisible. Bien sûr, ça et là, subsisteraient des risques de contaminations biologiques… d'inévitables pertes collatérales… Bref. Mais le défaut principal n'est pas là. Il s'agit plutôt de sa tournure d'esprit, vicieuse, un peu métaphysique sur les bords… de l'importance de ses rêves aussi… ou de sa critique incessante de la technosphère. M. Experi… comment te dire, Nerio… diverge. Voilà. M. Experi s'écarte trop du modèle initial – en tout cas celui prévu par les commanditaires et la direction du centre. Pour faire simple : le rapport bénéfice risque n'est pas bon.

— Et… les moyens, Larry, les moyens utilisés pour son élimination ?

— Humains. Comme souvent. C'est le mieux dans ce type de situation.

— Alors souhaitons leur bon courage.

Sur mon visage flotte une pensée qui cherche à s'exprimer, au fond de mes yeux gris d'un gris quoiqu'on dise ordinaire glisse une pensée, pour le coup, inhabituelle. Disons une pensée inattendue. Toi et moi vivons ici. Désormais. Dans un même et déchirant pays. Toi et moi vivons dans ce monde qui s'étend à la limite, un peu hybride, interlope sans début ni pôle cette région constitue aujourd'hui notre seul et déchirant pays. Ma maison. La maison d'Adi.

Hier, encore… hier j'ai repensé à l'ironie qui m'a fait quitter Hollywood pour des activités jugées plus efficaces. Une phrase en particulier me trotte dans la tête. Une de ces anecdotes auxquelles on ne fait pas gaffe mais qui plus tard vous prennent à la gorge. Et ne vous lâchent plus. Comme un couteau. Une plaie. Ou une bêtise en tout cas une occasion ratée. Al et moi étions au bar du Beverly Hills Hôtel – je t'ai déjà parlé d'Alfred, je crois, Alfred Hayes –, nous étions accrochés au bar mouvant du Beverly quand il m'a dit n'avoir pas digéré la réplique que Hedda Hopper lui avait lâchée la veille, devant la porte de son bureau, alors qu'il s'étonnait de la passion de l'échotière pour les affaires politiques de son pays. « Une telle passion de la réalité, avait-il cru bon d'ajouter, on ne s'y attend pas, chez vous, femme de goût, de culture et d'évasion, ouvrière impeccable de l'Usine à rêves. » Lentement la dame s'était retournée, impassible sous la voilette de son petit chapeau sans âge, et lui avait rétorqué : « La raison est pourtant simple, Alfred, mais vous êtes trop jeune pour l'avoir comprise même si des personnes beaucoup plus puissantes l'avaient déjà saisie à votre âge : Hollywood n'est pas une entreprise destinée à fabriquer des rêves : mais des hommes réels. » Aujourd'hui, j'ose à peine préciser à quel point fixant le regard vide de mon partenaire aspiré vers le bar, je n'avais rien compris à « l'oracle » de cette authentique sorcière.

Visiteur, à qui se fier ?

Sous mes paupières glisse une lueur qui ne peut se fixer, dans mes yeux gris veille une idée… peu commune… idée qu'il n'est plus temps de chercher à noyer, qu'il est trop tard maintenant pour chercher à t'en protéger. D'ailleurs, si tu réfléchis, ce n'est pas grand-chose que je te demande… Aussi ne te hâte pas. Ne saute pas trop vite aux conclusions. Prends le temps de considérer la situation. Et tu vas finir par comprendre que parmi les options qui s'offrent à toi – *la myriade de possibilités qui se ramifient à l'instant dans ton cerveau* – une seule, vraiment, mérite ton attention.

Elle a vécu avec constance le dos tourné à la mort. La mort, l'au-delà, le ciel, ses catégories inverses et inévitables de l'existence, Ava n'y a prêté aucune attention. Du coup lorsque sa mort survint, en 1990, à Londres (sans hâte ni tralala ni plus ou moins infâme qu'une autre), rien ne se produisit. Rien de particulier. Pas une seconde sa vie durant Ava n'avait respiré en fonction d'elle. Le visage tourné loin de cette Méduse (arme créée par les dieux à l'usage privilégié des mortels), elle l'ignora. À rebours, avec conviction et une belle santé de fille de la campagne, elle vécut dans le défi, la défonce, la désinvolture et un panache également mortels.

Aujourd'hui, je peux bien le penser, le dire, et même à la façon des anciens l'écrire : cette femme vécut sa vie entière le dos tourné à la mort.

C'est pourquoi, au terme de chaque jour la nuit finissant par lui revenir comme un boomerang (comme un sort sur elle spécialement jeté), il lui était impossible de trouver le sommeil. Et elle basculait, aspirée dans un tourbillon de fêtes perpétuelles !

Tous ceux qui une nuit dans les rues de Naples de Sydney ou de Madrid l'avaient croisée, diront que sur ses pas, sombre, fidèle, la suivant ou l'annonçant parfois, suave et boisée, flottait un entêtant parfum de nihilisme.

Æ

Centre de recherche

Désert des Mojaves au sud du Nevada

— D'autant que le courage n'est pas leur fort.

— Sûr, Larry, que cette qualité s'accorde mal avec leur implacable passion de *voir*.

— Je crois que tu peux parler de *rage*. Cela dit, n'oublions pas que c'est en raison de leur disposition au voyeurisme qu'ils se sont retrouvés ici. D'ailleurs, ça me fait penser... Te souviens-tu d'un des premiers entretiens de Sanjira avec Adrian ?

— Non, pourquoi ?

— À propos de voir, Nerio, justement, de souvenirs et d'images, cet entretien m'avait frappé. Assez habilement Sanjira avait demandé à monsieur Expéri s'il accepterait de lui dire pourquoi Los Angeles revenait si souvent dans ses évocations ? Pourquoi cette cité prenait une telle place dans, elle dit, modulant les mots : ses imageries ?

— Ça me dit quelque chose, maintenant que tu en parles... Qu'a-t-il répondu ?

La fixant droit dans les yeux sur l'écran monsieur Experi a répliqué :

« Pourtant, Mademoiselle, la raison est évidente.

(très fort le « Mademoiselle »)

Et peut-on savoir laquelle ?

Silicon Valley

Pardon ? a-t-elle dit.

Internet. Silicon Valley. Vous êtes si jeune à ce nouveau poste que peut-être n'avez-vous pas entendu dire qu'il y a longtemps, dans une splendide vallée couverte de vergers, est née ce qu'on appellera ensuite : Silicon Valley. C'est une légende bien sûr. Mais c'est si beau, n'est-ce pas, qu'on a envie d'y croire. S'épanouit et prospéra ainsi une nouvelle vallée par-dessus l'ancienne sous l'influence et l'ombre éclatante de Los Angeles. Voilà pourquoi, Mademoiselle, vous croyez souvent retrouver cette interminable banlieue polluée dans mes « imageries » ... comme vous dites... et que moi j'appelle plus classiquement : mes souvenirs.

Il y eut un silence. Elle rebondit :

Et ce serait, je veux dire... c'est la seule raison de vos fréquents retours dans cette partie du monde. Toujours au début des année 50 ?

Quelle autre raison ? Si vous pensez à mon passage dans l'industrie du cinéma – dans un quartier d'ailleurs très surestimé de la ville – je vous dirai que cette époque n'a pas tant compté pour moi, et, au fond, qu'avec le recul... le plus significatif est surtout la manière dont j'en suis parti.

Aucune autre raison ?

Non. Aucune. »

Devant pareille attitude, Sanjira avait choisi de ne pas insister et avait enchaîné sur un autre sujet. Plus tard – c'est sans doute à cette occasion qu'elle avait su s'imposer à l'équipe –, elle avait suggéré que cette formidable ellipse dans la réponse d'Adrian en disait plus long sur l'importance de ce qu'il avait connu en Californie que les plus invasifs des examens. En disait plus long sur son authentique relation avec une célèbre actrice, mais aussi sur les liens entre le scénario de sa jeunesse, *Adrian et les Visiteurs*, et ce qu'il avait fini par éprouver bel et bien dans sa chair ! Sur ces questions, elle recommandait à l'avenir d'être très prudents dans nos approches.

— Pour le coup, dans son glissement de Hollywood à la Silicon Valley… Adrian a poursuivi le rêve de la fabrication d'un homme réel.

— Oui. Bien vu.

— Tu vois, Larry, c'est curieux… mais cet échange entre monsieur Experi et Sanjira… je l'avais mis de côté. Et en t'écoutant je me demande pourquoi ?

— On a beau dire – en particulier ici au Centre –, mais dans tous nos souvenirs, comme Adrian, on sélectionne.

— Tu m'étonnes.

— À propos de sélection, Nerio, on avance ?

— Je t'écoute.

— Le principe est simple : chacun des Visiteurs / Lecteurs parvenu à ce stade va être amené à se prononcer sur la « suite » de l'expérience. Plusieurs choix s'offrent à lui avec diverses options :

la durée
le délai
la poursuite intra *ou* extra-muros
aucun des deux
etc.

Mais pour chaque Visiteur, bien sûr, la dernière question sera la même et portera sur le maintien en vie du Sujet :

Oui / Non.

— Au fait (excuse-moi, je t'interromps), tu as déjà pensé à la suite pour toi… Ou non ? Tu as une idée du futur projet que tu pourrais intégrer. Je sais qu'hier tu m'avais parlé de contraintes familiales… tu pensais t'installer plus dans le Nord… aller vers la fraîcheur ?…

— C'est pas clair encore. J'attends un signe de Sanjira. Mais tu la connais… ça peut durer des mois… des années… Et toi, Nerio ?

— Moi ? Non, moi, rien. En ce qui me concerne je n'attends *aucun signe* de Sanjira. Aucun. Bien, tu disais : Pour conclure une séance portant sur la viabilité du sujet ?

— Logique.

— Imparable.

— Dans tous les cas, Larry, je ne sais pas ce que tu en penses…

— Toujours rien tu t'en doutes.

— … mais ça ne pouvait pas continuer ainsi… on allait dans le mur…

— Tu peux même dire que le mur était *très* proche.

— C'est moche. Frustrant. Mais surtout c'est moche.

— C'est la vie, que veux-tu. La règle. On ne peut pas faire comme si on la découvrait. C'est un peu tard maintenant pour jouer les « chochottes humanistes » … « un poil » trop tard… comme dirait Adrian.

— Oh ! oui… c'est vrai (ému)… il dirait ça…

— En tout cas *nous* on était prévenus.

— Je pense que certains s'en doutaient, quand même, faut pas exagérer.

— Crois-moi, Nerio, il ne faut jamais sous-estimer la mauvaise foi… des…

— Observateurs ?

— Oui, enfin je voulais dire…

— Sujets ? Participants ?

— Oui et non, disons des Visiteurs, ce sera plus simple. Il ne faut jamais sous-estimer leur énorme réserve de mauvaise foi… c'est juste… A - hu - ris - sant !

— Oui, maintenant que tu le dis… (Rire gêné) Mais quand même.

— Avec le projet Adrian il est clair que les lecteurs ne pouvaient pas disposer de toutes les informations avant de s'introduire dans le dispositif. Ils n'y sont entrés que parce qu'ils s'y pensaient libres. Non contraints. Que veux-tu, c'est toujours pareil avec ce type de protocole, la démarche n'est pas… *clean clean*… *Feng shui Feng shui*… mais…

— Efficace.

— Voilà ! Une chose est sûre nous avons besoin d'eux pour finaliser les derniers tests. À différents degrés, d'accord, mais leur avis sera pris en compte dans la décision finale.

— Je ne me souviens plus… Larry… finalement tu t'es décidé, ou non, pour le Nord ?

Fragments du Minotaure

Retranscrits par un vieil auteur argentin

Il est exact que je ne sors pas de ma maison ; mais il est non moins exact que les portes de celle-ci, dont le nombre est infini, sont ouvertes jour et nuit aux hommes et aussi aux bêtes. Entre qui veut.

Selon une autre fable grotesque, je serais un prisonnier. Dois-je répéter qu'aucune porte n'est fermée ? Dois-je ajouter qu'il n'y a pas une seule serrure ? Du reste il m'est arrivé au crépuscule de sortir dans la rue. Si je suis rentré avant la nuit, c'est à cause de la peur qu'ont provoquée en moi les visages de gens de la foule, visages sans couleur, ni relief, comme la paume de la main.

Depuis lors, la solitude ne me fait plus souffrir, parce que je sais que mon rédempteur existe et qu'à la fin il se lèvera dans la poussière.

Si je pouvais entendre toutes les rumeurs du monde, je percevrais le bruit de ses pas…

Toutes les villas à L. A. sont des imitations. Je me souviens de m'être fait la remarque, roulant le matin entre Parker Lane et Brentenwood, ce détail m'avait frappé. Et j'y repenserai souvent lorsque je me demanderai plus tard s'il était possible de vivre un amour vrai cerné par tant de simulacres et de faux-semblants. La suite très personnelle de mon existence ne devait pas beaucoup m'aider à lever le doute sur mon expérience californienne. Ma vie durant, quoi qu'il en soit, cette femme n'aura cessé de m'attendre... de me suivre... de m'illuminer et de me perdre... Ava... la nomade... la femme sans maison aura été mon seul ancrage... mon plus fidèle repère dans ce tourbillon d'images et d'émotions, de virtualités et de scènes faussement inventées au fond duquel, sans impatience, aujourd'hui : je t'attends. Le temps. Le temps ne change rien à l'affaire. Le temps n'existe pas. Ou alors je me trompe et sans le vouloir j'aurais eu raison du début à la fin. Ainsi, je me souviens avec complaisance de la moindre de ses coquetteries, comme cette fois dans notre loge, où, venant de découvrir l'affiche de *Metropolis,* elle m'avait dit :

« Tu dois le savoir, toi… dans ce vieux film de 1929 l'action se situe à quelle époque… environ ?

2026

Oh… c'est loin…

puis se retournant, dans un adorable sourire elle a ajouté

mais ça va, après tout, en 2026 je n'aurais que 104 ans… je peux sans problème me projeter dans le rôle ! »

Le temps. Le temps ne change rien. Le temps n'existe pas. Je l'ai longtemps pensé mais aujourd'hui je me dis que peut-être je me suis trompé et sans le vouloir ai eu raison du début à la fin. D'ailleurs… entre deux écrans, deux visites, deux sommeils… il m'arrive de me demander si je n'ai pas inventé toute cette histoire de laboratoire et autres aventures dans le futur… juste pour mieux raviver ma soirée… te rapporter ma nuit… juste pour réveiller ma nuit avec une femme qui (vers la fin de l'été, au début de l'automne) se faisait appeler *Moonee Moon*. Pour simplement te transmettre ma nuit avec Ava.

Mais soyons raisonnables. Ne nous emballons pas. Revenons aux bases. À l'essentiel. Je m'adresse à toi car je sais que tu vas me comprendre. Entre tous, c'est toi que j'ai choisi de préférence. Pourquoi ? Je ne sais pas. Une manière de pencher la tête… de plisser les yeux quand tu me regardes peut-être… de sourire… respirer… ta manière de relire certains passages en te mordillant la lèvre… ou simplement de tourner rapidement les pages, au fond, je ne sais pas… c'est difficile… à expliquer ces choses-là… Pour tes yeux vides et ton regard buté ?

Non, je plaisante. Allez, on se détend… et on revient aux bases. Depuis le temps toi et moi avons appris à nous connaître, nous apprivoiser, et aujourd'hui nous parlons presque la même langue. Alors respire, détends-toi… l'opération est simple et d'un maniement aisé. Après tout, que représentent les quelques secondes que cette manœuvre te prendra dans la journée ? Une demi-seconde, même pas, le temps de remplir une grille, une échelle… le temps d'appuyer sur un *J'aime / J'aime pas* ? Mon ami, écoute-moi : je vais te parler comme je ne l'ai jamais fait, cette fois, c'est vrai. Juste toi et moi. Œil pour œil. Face contre Face. Depuis notre première rencontre pas mal de choses se sont produites, forcément, j'ai un peu changé… toi aussi peut-être… tu as appris deux ou trois choses, eu le temps de te faire une opinion… peser le pour / le contre… ceci est bon / cela l'est moins… je comprends bien ceci / mais pas trop ça… etc… ce genre de truc. Tu as eu le temps d'évaluer, comment dire, l'état des choses… le temps de te faire une idée sur « l'homme » – *hi hi rire nerveux excuse-moi* – de la situation… je t'en prie… sois attentif, écoute-moi… ne fuis pas ne bouge plus… reste… encore un peu… à mes côtés.

Car nous ne vivons plus parmi des pays déchirés, désormais toi et moi vivons dans un seul et déchirant pays.

Aussi réfléchis bien avant de prendre ta décision. Par excès de scrupules ou d'empathie, ne va pas te tromper sur mes intentions. Pour la dernière fois, je te le demande. Mon existence ne pouvait pas durer, tu t'en rends compte. Cette existence n'est pas une vie.

Alors, je t'en supplie : délivre-moi.

OUI

NON

Merci.

Merci à tous pour votre participation. Soyez sûrs que votre décision est la bonne. D'ailleurs il n'y avait pas de bonne ou mauvaise réponse. N'en doutez pas. Alors une fois encore merci pour votre implication et soyez les bienvenus… à tous nos Visiteurs, à tous et à chacun sans distinction… bienvenue dans un monde empli d'inconnus bienveillants.

Æ

Principaux acteurs du projet Adrian

Adrian : Monsieur Experi, Adrian Experinger, Adan, Adi
Ava Gardner : Moonee Moon / Ava
Lore Helen Backerwood : L. H. B.

Centre de recherche

Larry : Ingénieur 1
Nerio : Ingénieur 2
Sanjira : Directrice de projet
Visiteur : 1
Visiteur : 2
Visiteur : 3
Visiteur : 4
Dernier visiteur connu : …

(Selon le lieu ou l'époque, toucher l'écran ou inscrire votre nom en appuyant fort sur le papier.)

CHEZ LE MÊME ÉDITEUR

ARIAS-MISSON Alain, *Autobiographie d'un personnage de fiction*
ARIAS-MISSON Alain, *Le Théâtre de l'inceste*
ASCIANO (D') Jean-Luc A., *Cigogne*
BAČIĆ ALIMPIĆ Jelena, *Dernier printemps à Paris*
BENGHOZI Pierre, *Loki 1942*
BERG Laura, *Milady la nuit*
BOIDÉ Caroline, *Les Impurs*
BONNAND Alain, *Arthur Cauquin au Yémen*
BONNAND Alain, *La Grammairienne et la Petite Sorcière*
CASTANER Béatrice, *Aÿmati*
CASTANER Béatrice, *La Femme-Maÿtio*
CHEON Un-Yeong, *Adieu le cirque !*
COHEN DE TIMARY Éloïse, *Babylone Underground*
DE PAS Patricia, *Figures littéraires de la dépression*
DOMECQ Jean-Philippe, *Deuxième chambre du monde*
DOMECQ Jean-Philippe, *Qu'est-ce que la Métaphysique Fiction ?*
DOYON René-Louis, *Éloge du maquereau*
DRUESNE Anna, *La Vénus aux kakis*
DUSSIDOUR Dominique, *Sade romancier*

ELIZAROV Mikhaïl, *Les Ongles*
ELIZAROV Mikhaïl, *Syphilis*
ENGDAHL Horace, *Café Existence*
ENGDAHL Horace, *La Cigarette et le Néant*
ENGDAHL Horace, *Le dernier porc*
ESTÈBE Christian, *Le Palanquin des caïds*
FIGUEIRÉDO (DE) Patricia, *Vous n'aurez pas mes cendres !*
FILOCHE Pierre, *Ce bel été 1964*
GENÈVE Max, *Le jeune homme qui voulait ralentir la vie*
GENÈVE Max, *Le Transformiste*
GENÈVE Max, *Le Voyage de M. de Balzac à Turin*
GENÈVE Max, *Virtuoses*
GENTIL Mano, *Très chère Ursule*
GUIOU Dominique & MORALES Thomas, *La Dame au cabriolet*
HÉAUME Stéphane, *Dernière valse à Venise*
HÉAUME Stéphane, *L'insolite évasion de Sebastian Wimer*
HIRSCH Mikaël, *L'assassinat de Joseph Kessel*
HOCQUENGHEM Guy, *La beauté du métis, réflexion d'un francophobe*
HWANG Sok-yong, *L'Étoile du chien qui attend son repas*
JACCARD Roland, *Le Monde d'avant Journal 1983-1988*
JACCARD Roland, *Les derniers jours d'Henri-Frédéric Amiel*
JACCARD Roland, *Station terminale*
JACQUET Élisabeth, *Mon mari et moi*
JAMET Marie-Christine (sous la direction de), *Casino Venier Venise*

JAY Salim, *Dictionnaire des romanciers algériens*
KHIYAVI Hafez, *Je puais le sang d'âne*
KHIYAVI Hafez, *Une cerise pour couper le jeûne*
KIM Yeonsu, *Tu m'aimes donc, Sonyong ?*
KIM Un-su, *Jab !*
KLOSSOWSKI Pierre, *Sur Proust*
KO Un, *La première personne est triste*
KRIER Sylvie, *Un cheval dans la tête*
LAIR Mathias, *L'amour hors sol*
LAMY Jean-Claude, *Ma première mort*
LECLAIR Bertrand, *La Villa du Jouir*
LEE Seung-U, *La Baignoire*
LEE Seung-U, *Le Vieux Journal*
LEMIEUX Anne, *Les Retranchées*
MAGRINI Liliana, *Carnet vénitien*
MATHIS Alexandre, *LSD 67*
MATIĆ Andrija, *Burn-out*
MATIĆ Andrija, *L'Égout*
MEYER Shmuel T., *La bouche ouverte*
MINIÈRE Isabelle, *Au pied de la lettre*
MINIÈRE Isabelle, *J'ai dix-huit ans, tous les âges à la fois, et j'ai un papa*
MINIÈRE Isabelle, *Je suis né laid*
MINIÈRE Isabelle, *Je suis très sensible*
MINIÈRE Isabelle, *On n'est jamais à l'abri d'une bonne surprise*
MOINE, Alice, *La Femme de dos*
NADAUD Alain, *Dieu est une fiction, essai sur les origines littéraires de la croyance*

NINET, Ludovic, *La Fille du van*
OH Jung-hi, *Le Quartier chinois*
PARAVEL Dominique, *Alice, disparue*
PARAVEL Dominique, *Giratoire*
PARAVEL Dominique, *Nouvelles vénitiennes*
PARAVEL Dominique, *Uniques*
RABIHAVI Ghazi, *Les Garçons de l'amour*
RESENTERRA Olivia, *Le Garçon, scènes de la vie provinciale*
RESENTERRA Olivia, *Nécrologie du chat*
ROMAND Anny, *Abandonnée*
ROSIĆ Tiodor, *La Robe de madame Kilibarda*
ROUBAUDI Ludovic, *Camille et Merveille ou l'amour n'a pas de cœur*
ROUBAUDI Ludovic, *Nostra Requiem*
ROUZIN Marie, *Circulus*
SERDAN Éliane, *L'Algérois*
SERDAN Éliane, *La Fresque*
SERDAN Éliane, *La Ville haute*
SIEFENER Michael, *Albert Dunkel, écrivain de génie, tueur en série*
SIVAN Isabelle, *Dankala*
STÉNUIT Marie-Ève, *Le Tombeau du guerrier*
STIBBE Isabelle, *Bérénice 34-44*
STIBBE Isabelle, *Les Maîtres du printemps*
TEYSSEYRE Michèle, *Loin de Venise Vivaldi, Rosalba, Casanova*
TEYSSEYRE Michèle, *Patagonie*
TRIBUSON Goran, *Le Cimetière englouti*
VAFI Fariba, *Un Oiseau migrateur*

VERHAEGHE Jean-Daniel, *Le passé définitif*
VIDAL Florence, *L'Affaire des miroirs de Venise*
WAILS Stanislas, *La Maison Matchaiev*
YE Lingfeng, *Confessions inachevées*
ZIZI Bachisio, *Les Troupeaux de la colère*

Collection Boucan

Mensonges en gilet jaune, Sylvain Boulouque
Macron, un roi en bras de chemise, Armand Farrachi

Achevé d'imprimer en octobre 2021
par Books Factory
Imprimé en Europe

Dépôt légal : octobre 2021